間諜教室 08

「草原」莎拉

Kadokawa Fantastic Novels

百鬼
code name

少女成長中

間諜教室

SPY ROOM

「草原」莎拉

08

竹町

illustration

トマリ

Kadokawa Fantastic Novels

彩頁、內文插畫／トマリ
槍械設定協助／アサウラ

SPY ROOM
the room is a specialized institution of mission impossible
code name sougen

CONTENTS

010 人物介紹
014 序章 詭計
032 1章 調教
091 2章 白蜘蛛
148 3章 復活
216 4章 定律
250 5章 燈火之鳳
304 終章 「引退」與「遺產」
326 祕密終章 「蛇」
332 後記

CHARACTER PROFILE

愛娘
Grete

某大政治家的千金。
個性嫻靜的少女。

花園
Lily

偏鄉出身、
不知世事的少女。

燎火
Klaus

「燈火」的創立者，
也是「世界最強」的
間諜。

夢語
Thea

大型報社社長的
獨生女。
嬌媚的少女。

冰刃
Monika

藝術家之女。
高傲的少女。

百鬼
Sibylla

出生於幫派家庭的
長女。
性格凜然的少女。

愚人
Erna

前貴族。頻繁遭遇
事故的不幸少女。

忘我
Annett

出身不明。
喪失記憶。
純真的少女。

草原
Sara

小鎮餐廳的女兒。
個性軟弱。

Team Otori

凱風
Queneau

鼓翼
Culu

飛禽
Vindo

羽琴
Pharma

翔破
Vics

浮雲
Lan

Team Homura

紅爐 Veronika	炮烙 Gerute	煤煙 Lucas
灼骨 Wille	煽惑 Heidi	炬光 Ghid

Team Hebi from 加爾迦多帝國

翠蝶	白蜘蛛	蒼蠅
	銀蟬	紫蟻
	藍蝗	黑螳螂

「CIM」from 芬德聯邦

「Hide」—CIM最高機關—

咒師 **Nathan**

魔術師 **Mirena**

及其他三人

「Berias」—最高機關直屬特務防諜部隊—

操偶師 **Amelie**

及蓮華人偶、自毀人偶等

「Vanajin」—CIM最大防諜部隊—

盔甲師 **Meredith**

鑄刀師 **Mine**

Other

影法師 **Luke**

偵察師 **Sylvette**

小丑 **Heine**

旋律師 **Khaki**

序章 詭計

the room is a specialized institution of mission impossible
code name sougen

莫妮卡是莎拉的第二位師父。

『好了，莎拉，再來一次。』

『是，請多指教。』

第一位師父克勞斯不擅長具體地進行指導。他的語言能力不強，所給的建議只能停留在抽象的階段。

可是莫妮卡不一樣。

『判斷速度太慢了！』

即使正在練習對戰，她依舊能詳細地下達指示。

『一旦敵人逼近到無法用槍的距離，就要立刻對老鷹下指示！因為光憑妳一人，不管怎麼掙扎都贏不了在下！』

莫妮卡揮舞訓練用的刀子，以遠超過莎拉的速度猛烈進攻。

就算拚命用刀子阻擋，莎拉依然節節敗退。

『話雖如此，就憑那一招也是起不了什麼作用。為了給敵人來個出其不意，要事先把老鼠和鴿子藏在帽子或衣服裡面啦。狗的嗅覺擁有識破敵人謊言的力量，要懂得善加利用。』

莫妮卡停止以刀子攻擊，揪住莎拉的衣服。

莎拉還來不及做出反應，雙腿就被猛一掃，整個人被扔飛出去。

莫妮卡神情嚴肅，俯視著跌坐在地、一副狼狽的莎拉。

『還是不行。妳得至少能夠保護自身性命才可以。』

『是、是的……………』

這裡是陽炎宮的庭院。

每當克勞斯出任務的時候，莫妮卡便會細心地照顧莎拉。她講話雖然很不客氣，給的建議卻十分中肯。

莎拉已經接受莫妮卡的訓練超過四個月了。

儘管也有交涉、潛入等各式各樣的課程，然而最常進行的還是防身用的戰鬥訓練，而莎拉自始至終都不曾打贏莫妮卡。每次結束對戰練習，莎拉總會筋疲力竭到暫時起不了身。

這一天，她也在院子裡躺成大字形。她都已經看膩藍天的景象了。

雖然一如往常地感到疲憊不堪，渾身卻也同時洋溢著充實感。

『不過，小妹應該有在慢慢變強吧……？』

調整呼吸後，莎拉帶著淺笑望向莫妮卡。

『而且小妹也感覺自己的肌力變好了。這麼一來，小妹應該也能稍微作戰——』

『不行。』

『咦？』

莫妮卡站著用冰冷的眼神俯視她。

『在下不是在龍沖說過嗎？作戰不是妳的工作。在下只是在教妳防身的方法而已，妳少在那邊出風頭了。』

『咦……』

她的話直接而嚴厲。

『妳應該達到的目標不是作戰。』

莫妮卡拿起水壺喝水，一邊冷冷地說。

對此，莎拉只能抱頭呻吟。莫妮卡說的一點也沒錯。無論莎拉再怎麼努力，都不可能像席薇亞和莫妮卡那樣，成為利用格鬥剷除敵人、奪取情報的間諜。那樣不適合她。

可是，她也不禁感到困惑。

『那麼，小妹究竟該以什麼為目標呢……』

『那一點應該由妳自己來決定。』

莫妮在躺著的莎拉身旁蹲下。

『妳要自己找出來。找到身為間諜的理想、作戰方式，以及生存之道。』

那是難度極高的課題。

說起來莎拉對於成為間諜這件事，根本就沒有積極的動機。她只是因為父母失業，為了賺取生活費才隨波逐流進入間諜培育學校，心中根本沒有什麼理想。

就在莎拉陷入沉默、不知做何回應時，莫妮卡的方向傳來『妳放心』的說話聲。

『在下會陪妳直到找出答案為止。』

莫妮卡望著別處這麼說道。她的臉頰會看起來微微泛紅，難道是自己想太多了？

莫妮卡從未放棄沒用的學生。

就連「燈火」和「鳳」密切交流的時期——也就是和「鳳」的蜜月期間，莎拉的師父依然是莫妮卡。

「鳳」的成員之一「鼓翼」裘兒中途曾跑來要求「也讓我教教她啦！」，莫妮卡卻拋出一句「少礙事」就將她趕走，因此莎拉就只有接受過一次裘兒的指導。

『那麼再來一次吧。』

莫妮卡拍拍莎拉的肩膀，催促她站起來。
莎拉好喜歡她那雙看似傻眼，卻又隱含著溫柔的眼眸。

◇◇◇

——世界上充滿了痛苦。
為了釐清同胞「鳳」的死因，迪恩共和國的間諜團隊「燈火」潛入芬德聯邦，與芬德聯邦的諜報機關ＣＩＭ對立，並且查明幕後黑手就是宿敵「蛇」。
「蛇」暗殺芬德聯邦的王族達林皇太子，並企圖將這條滔天大罪嫁禍給迪恩共和國的間諜。
不僅如此，他們還利用這個事實作為要脅，逼迫「燈火」的一員「冰刃」莫妮卡倒戈。他們打算讓莫妮卡暗中活動，藉此消耗「燈火」的老大——「燎火」克勞斯的精力。
可是，莫妮卡卻也背叛了「蛇」，暗中行動。
她自行扛下暗殺達林皇太子的重罪，為混亂局面畫下休止符。
然而她卻因此付出龐大的代價。莫妮卡和ＣＩＭ的間諜們展開殊死戰，不久後撤退。結果之後她又遭到「蛇」的間諜們襲擊，被「白蜘蛛」和「黑螳螂」包圍夾攻。
最後，莫妮卡透過無線電機將「蛇」的情報託付給「燈火」——

『——在下喜歡妳。』

她對百合表白自己的愛意，之後便音訊全無。

◇◇◇

「——白蜘蛛就由小妹來打倒……！」

莎拉含淚做出這番宣言。

和莫妮卡失去聯絡的三天後。

ＣＩＭ的防諜部隊「貝里亞斯」前來拜訪「燈火」的成員。他們為了監視「燈火」，表示要監禁克勞斯和緹雅。

莫妮卡的背叛為「燈火」帶來很大的打擊。

因身為她的老大而不受信任的克勞斯，以及為了支援她而成立反政府組織「烽火連天」的緹雅，兩人將遭到拘禁。

葛蕾特因為被背叛的莫妮卡挾為人質，監禁了一段時日而極度衰弱；安妮特因受到直接攻擊，導致肋骨骨折、身受重傷；愛爾娜為了救助身陷困境的莫妮卡，被ＣＩＭ開槍擊中受了傷。以上三人皆在醫院療養中。

至於莫妮卡本人則是生死未卜。

在「燈火」堪稱處於功能停止狀態的情況下，莎拉站了起來。對即將從現在遭到監禁的房間，被移送至其他建築的克勞斯說道。打倒白蜘蛛──她非常明白這是不切實際的發言。

「白蜘蛛」是加爾迦多帝國的神祕諜報機關「蛇」的成員，也是暗殺芬德聯邦的王族、令一國陷入混亂的男人，而莎拉竟痴心妄想要將那人逮住。

然而，知道莫妮卡行蹤的人只有他。

克勞斯沒有嘲笑莎拉的宣言，他微微瞇起眼睛。

「──好極了。」

語氣十分平靜。

「莎拉，交給妳了。妳一定可以辦到。」

然後克勞斯就這麼被「貝里亞斯」帶走了。

在眾人散去的房間裡，莎拉大口吐氣。口出狂言的興奮感令她心跳不止。當然，對於這個決定她絲毫沒有反悔之意。

正當她在感受自己澎湃的心跳時，說話聲從左右兩邊傳來。

「幹嘛自己在那邊耍帥啊。」

「真是的，妳該不會把我們這兩個超可靠的前輩給忘了吧？」

兩名同伴帶著笑容，將手搭在莎拉的肩膀上。

莎拉不由得放鬆表情。

「席薇亞前輩、百合前輩。」

「百鬼」席薇亞——有著凜然目光和緊實身軀的白髮少女。

「花園」百合——以可愛娃娃臉和豐滿胸部為特徵的銀髮少女。

「小妹當然沒有忘記妳們啦。」莎拉這麼回應。

這是事實。她剛才只是太激動了。

「大家一起努力吧。小妹需要借助前輩們的力量。」

兩人同時從左右做出「好」、「是」的有力回應，並且拍拍莎拉的背。

席薇亞神情靦腆地露出潔白皓齒。

「不過還真令人懷念耶。上一次我們三人合作，好像是『屍』那次任務的時候？」

「啊，對耶。那次我們和葛蕾特一起扮成女僕臥底呢。」

「就是啊，因為當時小妹等人被排除在任務之外了。」

「不過，因為葛蕾特其實是最受老大信賴的人，所以被排除在『屍』任務之外的其實只有我們三人啦。」

「唔！居然將我百合排除在外！這件事情我到現在還無法原諒！」

「啊哈哈，那件事真的會讓人耿耿於懷呢。」

「不過現在想想，那樣的決定確實挺恰當的。畢竟我們尤其老是受到莫妮卡、葛蕾特、緹雅的幫助嘛。」

「這一點我無法否認。不過正因為如此——」

「——這次換小妹三人來幫助大家了。」

三人說到這裡，席薇亞突然將拳頭朝天花板高舉。

「上吧啊啊啊啊，非選拔組！」

「放手一搏吧！」「收到！」

缺乏間諜風範的喧鬧對話。

這不僅顯示出她們的不成熟，同時也證明她們擁有身處逆境也不屈不撓的堅韌。

◇◇◇

小說家迪亞哥・克魯加是古柯鹼的毒癮患者。

從前他原本是寫歷史小說，後來懸疑小說開始流行，他只好在出版社的命令下被迫改變寫作的領域。對於將歷史小說視為至高無上的文學的他而言，懸疑小說簡直俗不可耐。每寫一個段落，他便感到呼吸困難、反胃、狂撓頭髮，有時還會利用酒精來硬是分散自己的注意力。

注意到時，他已經為了尋求更強大的幻覺而染上毒癮。

妻子早已從他身旁逃離。

然而他卻甚至沒能留意到那一點。如今，他正為了能夠多寫幾個字，在郊外的公寓裡抱著針筒，恍惚地神遊。

——加爾迦多帝國的諜報機關「蛇」將他的房間當作藏身處。

「蛇」的一員——「白蜘蛛」坐在沙發上叼著菸，正在數鈔票。

他是一名頂著蘑菇髮型的男人。雙眼黯淡混濁，皮膚白皙到感覺不太健康。嚴重的駝背讓他看起來比實際身高還要來得矮小。就連同伴也經常揶揄他「長得好噁心」、「感覺好弱」。

他一邊反覆咂舌，一邊用纖細的手指清點紙鈔。

「那個毒蟲小說家還沒死嗎？」

背後傳來說話聲這麼問道。

由於頭上戴著漆黑的兜帽，看不清那個男人的臉孔。不過從他高大的身形，以及從男子的大衣中伸出的三條右臂，可以看出他們是一夥的。兩條散發機械光澤的手臂，像是纏在傷痕累累的粗壯右臂上延伸而出。

——「黑螳螂」。

他也是「蛇」的一員。

白蜘蛛將視線投向倒在房間一隅的迪亞哥。

「還沒，他現在還只是會產生恐怖幻覺、隨地小便而已。你去清理一下吧。」

「為什麼我非清理不可？」

「如你所見，我正在工作。那位老爺爺留下的錢沒有想像中多啊。唉～該死，小說家怎麼會賺這麼少啊。」

白蜘蛛瞪著從迪亞哥身上搶來的存摺，抱頭大喊。

他是很想期待來自祖國的資金援助，可是車手聽說遭到ＣＩＭ的防諜部隊逮捕，失去了音訊。於是，他只好讓差勁的小說家染上毒癮，搶奪他的金錢。
「既然如此，那就沒辦法了。」
黑螳螂嘆口氣，坐在白蜘蛛正對面的沙發上。
「任務沒辦法進行下去了。我要引退。」
「不要像在打招呼似的做出引退宣言啦。」
白蜘蛛更加蜷縮自己的駝背，用手捂住臉。
和「蛇」聯繫、籌措資金和武器，以及取悅成員，這些全都是由白蜘蛛一人負責。他總是被特立獨行的成員耍得團團轉。
「真是的，你可真無憂無慮啊。哪像我因為『冰刃』那個小鬼，害計畫整個大亂——」
「那就乾脆回國啊。」
黑螳螂說。
「身為『蛇』的任務已經達成了。我們成功暗殺了達林皇太子和米亞．高多芬局長。『炮烙』的調查資料雖然令人好奇，不過應該沒有重要到需要深究吧。」
「……好像也有道理。」
「難道你就這麼非殺了『燎火』不可？」
聽到仇人的名字，白蜘蛛停下數鈔票的手。

「一半是因為私人恩怨。」白蜘蛛回答。「那傢伙殺了銀蟬，又將紫蟻大哥拘禁起來。」

「你的理由還真小家子氣。」

「少囉嗦。另一半的原因你應該知道吧？」

他將香菸吐在地板上，踩熄菸頭。

「『燎火』將在不久的將來繼承『紅爐』的遺志，犯下人類史上最嚴重的罪行。」

他對黑螳螂投以凌厲的目光。

「紫蟻大哥輸了之後，我才總算確定一件事，那就是他遲早會得知『紅爐』的真相。而到了那個時候，我們就再也阻止不了他了。他將成為『蛇』最大的敵人。」

「……你說得太嚴重了吧。」

「振作一點，現在無疑是人類歷史的分歧點。若是失敗，弱者遭受蹂躪的世界將會到來。」

白蜘蛛拿起擺在一旁，他所愛用的狙擊槍。

「他比世界上任何間諜都該死，而現在正是殺死他最好的機會。那傢伙現在腿部受傷，被CIM監禁起來。」

白蜘蛛已經取得內部情報。

按照原本的計畫，他本來打算透過「翠蝶」去利用莫妮卡，盡可能消耗克勞斯的精力。這一點儘管沒能如願，卻也成功讓他受了傷。

如今正是殺死他的最佳良機。

黑螳螂像要展示自己的義肢般舉起右臂。

「之前我也說過，我沒辦法發揮全力，因為『車轍斧』故障了。」

「車轍斧」指的是他的兩條義手。他可以隨心所欲地活動控制義手，就連縱火、斬斷、破壞這些憑人類臂力很難做到的作業也能輕易達成。

「雖然我姑且修理過了，不過除非回國，否則無法完全修復。」

「是啊，我知道。」

「但是我會盡我所能。即使狀況不佳，我依舊是天下無敵。英雄是不會拒絕他人請託的。」

「我很期待你的表現喔。」

「『翠蝶』要怎麼辦？她好像被捕了，要去救她嗎？」

「她應該會自己想辦法吧，畢竟她也是『蛇』的一員。」

「這樣啊。對了，我要幫你剪頭髮，你別動啊。」

不等白蜘蛛回答，黑螳螂的義手逕自動了起來。

義手一副視超過兩公尺的距離為無物地伸過來，從白蜘蛛的臉旁邊繞到後面，將頭髮剪掉。

大量頭髮散落在腿上。

「………………嗄？」

「你的髮型太引人注意了。那麼我走了。」

黑螳螂簡短說完，便頭也不回地離開房間。

白蜘蛛連追究的力氣都提不起來了。他雖然喃喃自語「……我的頭髮」，卻沒有人在聽他說什麼。

他在瀰漫排泄物惡臭的房間裡嘆氣。

將數完的鈔票塞進口袋後，他拿出剪刀和鏡子整理自己的頭髮。

動刀修剪的同時，他自然而然有種思緒變清晰的感覺。

（——算了，現在的問題是要如何採取行動。）

沒有多餘的時間了。他一邊整理頭髮，一邊思索要如何殺死克勞斯。

最令他在意的，是莫妮卡最後留給同伴的訊息。

『代號「炯眼」。去拜託那個人。如今唯有那人能夠打敗「蛇」。』

有一件事情必須思考。

——誰是「炯眼」？

甚至沒有可能符合條件的人物。白蜘蛛早已掌握迪恩共和國的間諜資料，那是「火焰」的叛徒基德所提供的。

——「燎火」克勞斯除了「火焰」成員外，沒有其他交好的同伴。

——除了「燎火」，「火焰」已經全滅。

——迪恩共和國內有實力者的情報全被洩漏給了「蛇」。

在這樣的前提下，還有人能夠打敗我們嗎？還有值得他信賴的人物嗎？不，不可能有。

（……莫非是虛張聲勢？但是，這麼做的意義何在？）

應該採取對策嗎？還是說我想太多，那只是為了讓我方混亂的圈套呢？

「有意思。反正我已決定把這當成是最後一戰，你就儘管試著抵抗吧。」

白蜘蛛用剪刀做完最後的修整後，將頭髮大大地往上一撥。

「『蛇』和『火焰』——我們就來進行最後的爾虞我詐吧，你這個怪物。」

◇◇◇

代號「炯眼」——被如此命名的間諜，在芬德聯邦的首都休羅的大樓屋頂上靜靜觀察這座城市。

腦中浮現克勞斯對自己說過的話。

在某個冷冽的夜裡，克勞斯來到「炯眼」過夜的地方。這並非他們初次面對面，然而他卻緊抿雙唇、神色緊張。

『我就客氣一點說吧。我想要借助你的力量。』

他低頭如此懇求。

「炯眼」感到十分意外。

沒想到平時態度傲慢的青年竟會如此謙遜。

『「燈火」已經和「蛇」交戰過好幾次，「燈火」的情報想必已經多少洩漏出去了。因此為了擾亂「蛇」，我們需要新的力量。』

克勞斯開口。

『我想要讓你成為「燈火」的新間諜。』

『…………』

「炯眼」不知該如何做出回應。

見對方定睛注視著自己，克勞斯點點頭。

『恕我僭越，就由我來授予你代號吧——「炯眼」。這就是你的名字。』

接著他深深低下頭說「那幾個孩子就拜託你了」。這幅景象他恐怕不會想讓部下看見吧。

感受到他的決心，「炯眼」微微頷首。

想起和克勞斯之間的回憶，「炯眼」靜靜地吐氣。

看樣子，必須行動的時刻已然逼近。唯一的問題是何時行動。

——我本身就是「燈火」的作戰計畫。不能被人識破我的真實身分。

必須以「燈火」的新成員身分，完成拯救團隊的重責大任。

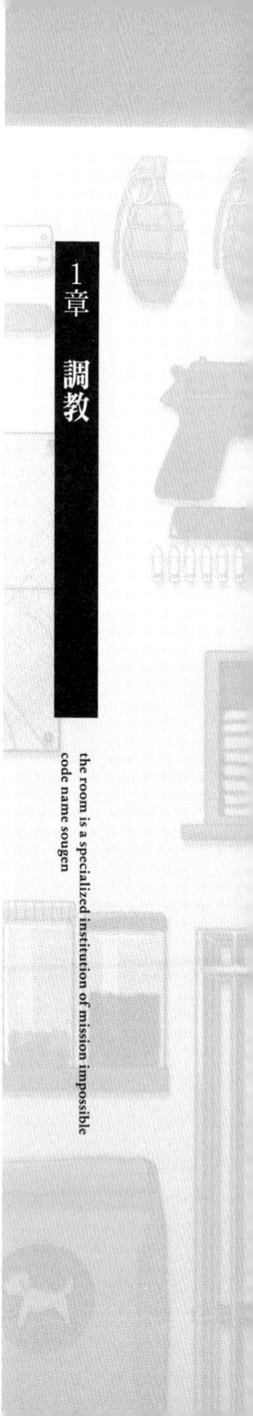

1章 調教

the room is a specialized institution of mission impossible
code name sougen

看著裝在自己身上的拘束具，克勞斯沉下臉來。

聽說這是集結ＣＩＭ最新技術的拘束具，構造相當堅固。

他在雙臂幾乎無法活動的狀態下，被監禁在房內。

雖有不滿，但克勞斯自己也不得不承認這樣的判斷確實妥當。為了拘捕與殺害王族一事有關的「蛇」，ＣＩＭ也想要和克勞斯合作，但是他們無法完全相信克勞斯，畢竟他身邊曾經出了「燒盡」莫妮卡這個叛徒。

——合作要在監視下進行。

這樣的條件儘管不對等，卻也只能點頭接受。「燈火」的部分成員正在他們所掌控的醫院內接受治療，幾乎等於是被挾為人質。

克勞斯不被允許外出。房門被從外側上了鎖，武器也被奪走。房內有床和廁所，雖然聽說也會提供醫療和餐點，但是不會讓他閱讀報紙。

不用說，當然也不允許他和同伴接觸。

身為間諜的大部分行動都受到了限制。

「你我的立場對調了呢。」

來到房間拜訪的亞梅莉這麼挖苦。

她是之前和「燈火」對立的最高機關直屬特務防諜部隊「貝里亞斯」的老大——「操偶師」亞梅莉。這名二十歲後半的女性眼周掛著大大的黑眼圈、身穿哥德服飾，渾身散發出和有許多荷葉邊的可愛服裝不相稱的凶狠煞氣。

「接下來要請你在我們的監視下，暫時安分一陣子了。」

「怎麼？妳在記仇嗎？」

直到前幾天，克勞斯都還將她的部下挾為人質，藉此控制著她。

「不要做那種孩子氣的事情了。我們彼此都把過去的事情放下吧。」

「……你還真懂得為自己開脫呢。」

「我這是為你們好。我還沒有原諒你們，就算要我現在跟你們開打也無所謂。」

克勞斯就近找了張椅子坐下。

「我之所以這麼安分，是因為莫妮卡如此希望，以及你們還有利用價值。」

「哼，就憑你那條壞掉的腿還敢說大話。」

亞梅莉露出嘲諷的冷笑，將視線落在克勞斯的左腿上。那個部位在與莫妮卡的戰鬥中中彈，後來因為他又繼續到處奔波，結果使得傷勢更加惡化。

亞梅莉擁有出色的觀察能力，她似乎已經看穿克勞斯無法發揮全力作戰了。

「當然，我也希望和你互相利用。」

她在克勞斯正對面的椅子坐下。

「今天傍晚，『海德』的其中一人會來這個房間拜訪。」

「最高幹部親自蒞臨啊。」

包圍在層層謎團中的CIM最高機關「海德」。

對方是亞梅莉的直屬上司。克勞斯一直很想跟「海德」接觸，看來這個願望終於要實現了。

「這可是特殊待遇喔，因為就連我也是第二次和他見面。到時，將會舉行逮捕『白蜘蛛』的作戰會議。」

克勞斯點頭回應，結果就見到她朝自己投以銳利的目光。

「但是，在那之前我有一點想跟你確認。」

「什麼事？」

「剛才『草原』說的話——那是認真的嗎？」

她指的大概是打倒白蜘蛛的宣言吧。

那番強勢的發言一點都不像莎拉會說的話。

「應該是認真的吧。」

克勞斯即刻回答。

「我不會懷疑她的決心。她大概是想救莫妮卡吧，因為她和莫妮卡是師徒關係。坦白說，她們倆的關係理想到讓我感覺自己的立場備受威脅。」

「這樣啊。」

「不過論實力的話，當然不可否認確實令人不安。」

這樣的評論雖然嚴厲，但莎拉的實力的確還在成長階段。克勞斯相信她有才能，然而卻也不得不承認她目前的能力比其他少女來得遜色。

再加上，還有另一件讓人擔憂的事情。

「——白蜘蛛令人毛骨悚然。」

「毛骨悚然？這樣的說法也太抽象……」

「——就我所知，白蜘蛛給人很強烈的『沒用』印象。他的言行粗野，總是粗魯地喊著『殺殺殺』，可是一旦知道情勢對自己不利就會一溜煙地逃跑。」

克勞斯曾三度與他接觸。

第一次是白蜘蛛在加爾迦多帝國射殺基德時。第二次是在迪恩共和國，遇上與安妮特的母親有關的騷動時。第三次則是在穆札亞合眾國拘捕「紫蟻」之後。

擁有高度的實力——照理說應該是如此，但他不知為何卻讓人覺得「很沒用」。

「『蛇』這次在芬德聯邦的行動方式……和我對他們的認知大不相同。」

「具體而言是怎樣不同？」

「玻璃杯中的水裡混進了一公克的顏料……這樣說妳可以理解嗎？」

「完全聽不懂。」

「……算了。只不過，既然莎拉展現出要『自己來』的決心，那我就相信她。」

說不擔心是騙人的，不過克勞斯並不打算撤回將希望寄託在她們身上的判斷。

少女們有時會出現意想不到的成長。而且還是突如其來，急劇到連克勞斯的直覺都無法預測的程度。

亞梅莉一副難以啟齒地壓低語調。

「但是，這樣好嗎？」

「嗯？」

「我尊重你的意志，可是那幾個小女孩要抓到白蜘蛛，勢必會面臨巨大的阻礙。」

亞梅莉的態度難得略顯尷尬。

克勞斯催促她解釋清楚。

「大前提是我們不拘禁她們三人。這一點你應該不會認同吧？」

「那當然。因為條件是我乖乖地接受監禁。」

「是啊。可是，我們也不可能完全放她們自由。」

「…………」

「除了『貝里亞斯』和『海德』，CIM的諜報員全都認為『燒盡』莫妮卡這位原本隸屬『燈火』的少女，是暗殺達林皇太子殿下的行凶者。」

儘管心有不滿，但既然這正是莫妮卡的目的，那也沒辦法。她靠著自己欺騙「蛇」、背負所有罪名，平息了所有混亂。

可是，這麼做卻也導致產生了幾個阻礙。

亞梅莉以遺憾的口吻說道。

「因此CIM多數的情報員——都極度輕視『燈火』。」

◇◇◇

隔了三天才獲釋的莎拉等人，被意想不到的狀況困住了。

下午一點左右，監禁她們的房間門鎖被打開。

她們立刻衝出房間。首先要做的當然就是搜索白蜘蛛，而第一步該如何進行已經事先討論好了。三人不願浪費一分一秒，快步沿著走廊前進。
可是來到玄關前方時，卻聽見一道尖銳的女性說話聲傳來。
「啊哈哈，妳們可別以為自己能夠自由外出！」
一名身穿套裝的女性從走廊暗處跳出來。
女性的右手裡握著球形機械，她像要展示那樣東西似的將之高舉。
「——『絕音響』。」
「「「————！」」」
莎拉等人反射性地擺出架式，然而她們的防禦在那道攻擊面前毫無意義。
雷鳴般的聲音轟然作響。球形機械發出來的震耳欲聾巨響，通過少女們的耳朵，撼動了腦袋。若是晚一步摀住耳朵，耳膜說不定早就破裂了。
整個人當然也是站不穩。她們只能當場蹲下，忍耐到聲音消失為止。
「這是我們ＣＩＭ所製造，用來對付恐怖分子的壓制武器。啊哈哈，很有效吧？」
聲音停止之後，女性得意洋洋地大笑。
莎拉滿臉錯愕地看著她。

（這、這個人是怎麼回事——！）

居然一見面就釋出聲波武器，這個人太不正常了。

女性的頭髮剃到只剩下幾公釐的長度，是在街上幾乎看不到的極短髮。服裝是純黑色的兩件式套裝，上面到處別滿了徽章。年紀大概是二十歲後半。

她朝這邊投以輕蔑的目光，報上姓名。

「老娘是『瓦納金』的副官，『鑄刀師』米涅！老娘只會說一次，所以妳們這幾個小侍女給老娘記住了！」

語氣開朗卻一副像要找人吵架的凶狠模樣。

莎拉和百合忍不住互看一眼，喃喃地說：「那支部隊是……」

「瓦納金」——ＣＩＭ最大的防諜部隊。

「燈火」對那個組織只有壞印象。說起來，監禁少女們、將莎拉和蘭挾為人質的也是他們。

絲毫不在意少女們心有不快，米涅自顧自地大聲嚷嚷。

「老娘是來監視妳們的。老娘會二十四小時緊跟在旁，妳們給老娘做好心理準備吧！」

「監視？這是怎麼意思……」

「啊哈哈，我們怎麼可能會讓身為『燒盡』前同伴的妳們任意行動呢！妳們這幾個小侍女連這點道理都不懂嗎？」

莎拉立刻就明白了。

隸屬ＣＩＭ的多數間諜都不知道關於莫妮卡的真相，自然不可能放任少女們不管。

「……妳的敵意還真強烈啊。」

席薇亞站起身，氣勢洶洶地逼問。

「我們明明聽說雙方要合作。『燈火』和ＣＩＭ要為了討伐白蜘蛛，一起——」

「啊哈哈，妳們未免太自大了吧。」

米涅同樣不肯罷休。

「——合作？才不需要哩。」

她依舊帶著笑意，舉起右手裡的球形聲波武器。

巨響再度響起。恐會破壞腦部的衝擊襲向莎拉等人。

「妳們只不過是燎火的侍女，誰會對妳們的能力有所期待啊。」

她停止聲音攻擊，不客氣地羞辱少女們。

莎拉只能任由唾液從嘴角滴落，發出「啊……！……哈……」的呻吟。一旁的席薇亞和百合也同樣痛苦掙扎。

光是中了一發攻擊，便暫時失去行動能力。

即使是三對一，米涅的力量依舊足以壓倒眾人。

「老娘之所以讓妳們活命，只是因為上級這麼交代罷了。」

她的說話聲在一陣又一陣的耳鳴中傳來。

「若是妳們想要擺脫監視，那就儘管試試看吧，到時『瓦納金』將會全員出動將妳們殺死。啊哈哈，老娘可先把話說在前面，我家老大可是比我要強上百倍哩！」

「……！」

席薇亞微微咂舌。

莎拉和百合奄奄一息地勸她「席薇亞前輩，現在不要衝動比較好」、「現在就先忍耐吧」。現在與ＣＩＭ為敵並非明智之舉。情勢對我方太不利了。

百合在臉上堆起親切的笑容。

「米涅小姐，我明白了。我百合一向奉行順從強者的原則，所以我會乖乖照妳的意思行動，就算要我舔妳的鞋子也沒問題喔。」

「啊哈哈，妳這個侍女還挺識時務的嘛！」

米涅一臉愉悅地將右腳往前伸。

百合假裝沒看到地無視她，接著繼續說。

「再說，我也正好希望妳能帶我們去一個地方。」

儘管覺得屈辱，現在似乎也只能接受他們的監視了。

畢竟少女們第一個要前往的地方也需要ＣＩＭ的協助。

◇◇◇

國營醫院的院區內，有一棟被柵欄重重包圍的奇妙病房大樓。
裡面主要的病患，是ＣＩＭ的情報員和他們拘捕到的間諜，另外還有罹患無法向世人公開之疾病的政治家和王族。這棟大樓專門收治因為某些因素，無法去普通醫院就醫的病患。
探病——這便是百合向米涅提出的請求。
目前有好幾位「燈火」成員身在ＣＩＭ所管轄的祕密病房大樓內。
進入院區後，米涅開口說明她們的病況。
「『浮雲』正在進行復健。聽說她現在正在監視下散步。」
「浮雲」蘭是「鳳」唯一的生還者。自從遭到「貝里亞斯」襲擊以來，她一直沒有接受正式的治療，不過據說現在正慢慢地康復當中。
「然後妳們不能和『忘我』會面。應該說，她的病房禁止進入。」
「咦？妳說安妮特嗎？」席薇亞反問。
「她雖然已經醒了，不過因為她會激動掙扎，所以聽說被上了手銬綁在床上。啊哈哈，簡直就像野獸一樣！」

安妮特被背叛的莫妮卡打斷肋骨，受了幾乎半死不活的重傷。

聽說從她們一行人現在所在的位置，正好可以看見她的病房，於是米涅伸手指向四樓。大概是為了換氣通風吧，窗戶微微開啟，金屬互相碰撞的聲音從那裡傳來。

面對如此不人道的待遇，百合和席薇亞不滿地皺起眉頭。

莎拉也發出無聲的呻吟，撫摸她所帶來的老鷹的頭。

米涅一副以她們的反應為樂地露出笑容，繼續說明。

「不過妳們可以去見『愚人』喔，雖然她的傷勢很嚴重。」

莎拉等人決定先前往她——愛爾娜的病房。

來到單人病房，只見她正在床上熟睡著。

為了支援挑戰ＣＩＭ的莫妮卡，愛爾娜奮不顧身地衝進槍林彈雨中。她佯裝成普通市民，故意中彈，好為莫妮卡爭取休息的時間。

壯烈的獻身——但若是沒有她的支援，莫妮卡恐怕早就沒命了。

本來照理說她也有可能會因為支援莫妮卡而遭到究責，不過聽說亞梅莉特別動用權力，暗地藏匿了她。

「接下來就交給我們吧。」

席薇亞觸摸熟睡的她的臉頰，結果她聽似舒服地發出「呢……」的囈語。

決定現在就先讓她好好地睡覺，莎拉等人放下自己帶來的水果便離開病房。

就在她們準備前往最後的病房時，米涅皺起臉來。

「關於『愛娘』的現況，聽說護理師對她束手無策呢。」

莎拉等人一頭霧水。

好意外，葛蕾特應該是比較不會做出問題行為的少女才對。

「她之前明明在幾近絕食的狀態下被棄置超過十天，身體因此衰弱不已，然而她卻完全不肯好好休息。啊哈哈，真是一個連自身狀態都無法掌握的蠢女人啊！」

米涅一臉煩躁地咂舌。

「妳們可以幫忙說服她嗎？雖然很不服氣，不過上級交代老娘要確保妳們的健康。」

在米涅「直接去見她比較快」的催促下，莎拉等人急忙趕往病房。

百合一打開門，便「葛蕾特，妳還好嗎？」地這麼問道。

「大家……！」

葛蕾特立刻就注意到訪客的到來，在病床上露出笑容。

但是，感到吃驚的卻是進入病房的莎拉等人。

病床周圍堆滿大量的草紙。

每一張草紙都被用鋼筆潦草地寫滿字。病床附設的桌子上擺著報紙、休羅的地圖和收音機。葛蕾特似乎正急著將所有情報書寫下來。

百合跑到她身邊，柔聲勸導。

「妳、妳在做什麼啊？不好好休息怎麼行呢！」

「不，我現在所能做的就只有分析了……」

看樣子，葛蕾特正在努力整理情報。她大概是纏著護理師，央求對方拿草紙和鋼筆來吧。

「不、不過真的很有幫助呢。」

莎拉在病床旁切入正題。

「其實小妹等人這次來，正是想要聽聽葛蕾特前輩的分析。」

沒錯，探病的最主要目的就是這個。

少女們雖然幹勁十足地宣告「一定要抓到白蜘蛛！」，可是卻馬上就陷入僵局。要在人口稠密的休羅市內抓到一個男人是不可能的事，更別說她們根本連個線索也沒有。

——坦白說，我連我們該做什麼都不知道。

最後三人全都說出這麼一句相同的話來。

「……跟我料想的一樣。」

葛蕾特面露柔和的微笑。

「因為想要告訴各位，所以我已經事先把要說的內容都彙整好了。」
「我們的參謀好可靠！」席薇亞如此讚嘆。
少女們立刻圍繞在病床旁。
「請告訴我們逮捕白蜘蛛的方針。」
「……我想要提供兩個建議。」
她指著攤放在床上的地圖。
「首先是搜索莫妮卡小姐最後傳來音訊的城鎮——伊密朗一帶。」
莎拉等人紛紛點頭表示贊同。
和ＣＩＭ經過一番殊死戰後，莫妮卡前往位於休羅東南方、名叫伊密朗的小鎮，那裡有「火焰」的一員——「炮烙」蓋兒黛的藏身處。她大概是為了休息才前往那裡吧。
病房一端傳來爽朗的說話聲。
「啊哈哈！我們的同胞早就搜索過那裡了！」
米涅愉悅地笑道。
「我們找到了一棟疑似曾經發生過戰鬥、完全燒燬的建築，可是周遭沒有半點『蛇』的蹤跡！就連可恨的『燒盡』也不知去向！」
克勞斯似乎已經要ＣＩＭ去搜查過了。但是由於事件發生後隨即降下大雨，使得氣味和痕跡都消失無蹤。

葛蕾特淡淡地接受米涅的存在。

「……原來如此。既然沒有找到遺體，那麼莫妮卡小姐就也有可能是被『蛇』帶走了……只不過，既然沒有追蹤的線索，還是把搜索工作交給ＣＩＭ好了。」

十分恰當的判斷。

就憑對此地不熟悉的少女們自己亂找一通，是不可能找到的。

「我們還是把希望寄託在下一個可能性上吧。」

她以格外強而有力的語氣說道。

「那就是抓住在達林皇太子殿下的喪禮前後——前來殺死老大的白蜘蛛。」

莎拉眨了眨眼。

她一時無法理解這個提議。覺得這樣的思考邏輯太跳躍了。

席薇亞也同樣滿臉疑惑地歪著頭。

「……嗯？白蜘蛛會來殺老大的根據是什麼？」

「白蜘蛛似乎對老大有著非比尋常的執著……老大受了傷、正在被拘禁中，我想他應該不會放過這個機會……至少這個可能性絕對不低。」

少女們想起之前執行完米塔里歐的任務後，所聽見的他的聲音。

——『不過，下次我會殺了你。看在我們「蛇」眼裡，你這傢伙真的非常礙事。我決定放棄憑蠻力硬幹的做法，我要確實地、仔細地、周詳地構思計畫讓你上鉤。』

他的用詞粗暴，讓人感受到無比濃烈的殺氣。

這次換成百合舉手發問。

「那麼喪禮是怎麼回事？」

「……政府已經公布會在四天後舉行喪禮。那將會是一場各國貴賓應邀前來，共有超過兩千人參加的盛大儀式。這麼一來，屆時看守老大的警衛必然會變少。」

遭監禁三天的百合等人並不知道這則情報。

——達林皇太子殿下的喪禮。

由於表面上刺客已遭逮捕且已死亡，於是政府決定直接舉行喪禮。為了展現芬德聯邦固若磐石的國家基礎，這場弔唁中彈身亡、具有世界級影響力的王族的儀式，將會邀請各國王族和要人前來，盛大舉辦。

因為事關國家的威信，絕對不能發生第二次暗殺事件。

米涅也表示同意。

「是啊，既然貴賓來自世界各國，當然也會有間諜混入其中！防諜部隊可是忙得不可開交呢！啊哈哈，再說老娘我們又沒有義務要保護『燎火』！」

ＣＩＭ必須集結全國的間諜和警察，提防恐攻事件的發生。

——也就是說在這個狀況下，白蜘蛛很容易和克勞斯接觸。

聽到這裡，莎拉等人不禁驚呼。

當然，她們沒有根據可以確定白蜘蛛會現身。可是比起漫無目的地到處奔走，這樣的可能性確實很高。

「既、既然已經把可能範圍縮小，我們就可以採取對策了。葛蕾特，妳好厲害喔。」

百合抓著葛蕾特的手臂晃來晃去。

「我們就在這個可能性上賭一把，開始準備吧！」

「只不過要逮捕他……有一件事情令人擔憂。」

和百合相反，葛蕾特以悶悶不樂的表情這麼說。

「問題反而出在我們這一邊……」

她的語氣沉重，似乎還有分析結果想要告訴百合等人。

「白蜘蛛的周圍頻頻發生背叛這一點令人擔心……」

的確，射殺克勞斯的師父也是「火焰」的叛徒——基德的人正是白蜘蛛。另外，操縱背叛Ｃ

ＩＭ的「翠蝶」，以及追擊背叛「燈火」的莫妮卡的人也是他。
「話說回來，莫妮卡小姐會在短時間內倒戈這件事本身也令人費解……」
「他的本領確實太高明了。」
莎拉表示贊同。就連「燈火」的少女們都沒能看穿莫妮卡的愛慕之情，他卻能在短時間內察覺出來並誘導莫妮卡背叛，這樣的技術的確很不尋常。
「換句話說，我所擔憂的是——」
葛蕾特一副難以啟齒地說。
「白蜘蛛恐怕——擁有能夠令敵人倒戈的能力……」
「「「——！」」」
莎拉等人同時目瞪口呆。
她們可以部分理解葛蕾特的推測。就像把將近三百名普通市民變成刺客的紫蟻一樣，「蛇」裡面有著身懷異常技能的人。白蜘蛛就算擁有無法以常識估量的能力也不奇怪。
這則消息令人絕望。
「這是什麼意思……？」

百合瞪大雙眼。

「難道說還會再出現叛徒嗎……？」

假設白蜘蛛擁有那份能力，那麼在此之前發生了什麼事？

——他讓ＣＩＭ的最高幹部倒戈，要「貝里亞斯」去攻擊「鳳」和「燈火」。

——讓莫妮卡從「燈火」孤立，要她和克勞斯互相殘殺。

這兩次背叛帶給「燈火」巨大的損失。

正當莎拉等人愕然失語，她們注意到葛蕾特的手在發抖。

「我好不安……不安到連晚上也睡不著覺……」

「葛蕾特前輩？」

「一旦ＣＩＭ之中出現『蛇』的同黨，老大就會有生命危險……我雖然也不願意作這種想像，但是比方說……」

葛蕾特像是在猶豫該不該說出口一般，將嘴唇抿了又抿。

「——假如敵人對囚禁老大的房間釋放毒氣，那麼即使是老大恐怕也……！」

這是可以輕易想像到的可能性。

現在的克勞斯受了傷，自由和武器都遭到剝奪。即使他再厲害，終究也是個人。一旦密室中充滿致命氣體，屆時他必死無疑。

背後，米涅「ＣＩＭ裡出現叛徒？不可能的啦，啊哈哈！」這麼笑道。

但是，這樣的判斷恐怕是太樂觀了。

「拜託妳們……請妳們務必要保護老大……」

葛蕾特握住身旁百合的手，向她請求。

「我很清楚……現在的我就算離開病房也只會添麻煩……所以我求求妳們……請務必代替我保護老大……！」

從她眼角滑落的淚水濡濕了草紙。

滿載思緒的大量紙張。上面寫滿用來應付各種危機的對策。

忽然間，她的身子一軟。

「葛蕾特前輩？」

莎拉急忙抱住她。

原來她已經靜靜地睡著了。彷彿因為職責已盡，於是才安心地睡去。

離開醫院時，莎拉等人一片沉默。

探望過受傷的同伴後，她們又再次受到強烈的使命感驅使，卻也同時為了強烈的危機感焦灼不已。

她們重新體認到敵人有多麼凶惡。

——讓「炬光」基德背叛，將「火焰」帶向毀滅的男人。

——讓CIM最高機關的一員倒戈，暗中操控CIM的男人。

——射殺達林皇太子的真正刺客。

光是列舉出這些，便能看出白蜘蛛達成了少女們怎樣也不可能實現的奇蹟。少女們究竟是多麼缺乏認知，才會做出「打倒白蜘蛛」的宣言啊。

像是為了一掃消沉情緒似的，席薇亞開口了。

「不、不過也不是沒有方法可以打倒他啊！莫妮卡不是有留下線索嗎？」

她同時拍了拍莎拉和百合的背。

「代號『炯眼』——我們還有最強的幫手。」

那是「燈火」出發前往芬德聯邦前夕所制定的策略。

三人無視身後的米涅做出「嗯？誰是『炯眼』？」的反應。少女們早已決定除了名字外，絕對不能透露任何有關「炯眼」的情報。

莎拉左右搖頭。

「可是在毫無計畫的情況下，就算呼喚那個人出來也沒用。」

雖然在米涅旁邊無法說得太詳細，不過「炯眼」並非能夠解決一切問題的超級巨星。

首先必須由少女們自己思索出計策才行。

不能再給葛蕾特增加更多負擔。

「總、總之先警戒叛徒吧！」

百合一副焦急地嚷嚷。

「白蜘蛛說不定會製造出新的叛徒。我們就彼此合作，立即展開調查吧。要是監禁克勞斯老師的CIM成員倒戈，事情可就嚴重了。」

葛蕾特提出的警告——新的叛徒。

百合說得沒錯，首先從那裡開始著手比較恰當——

「啊哈哈，老娘才不會允許妳們進行那種調查呢！」

——然而負責監視的米涅卻不允許她們這麼做。

她帶著爽朗的笑容，繼續出言威嚇。

「妳們打算只憑那種缺乏根據的臆測，就去刺探我們的內部情報嗎？給老娘乖乖待在家吧，妳們這幾個小侍女！」

「…………！」

雖然令人氣憤，但她會這麼做也是理所當然。她不可能會認可任何搜查行動。

席薇亞用充滿敵意的眼神瞪著她，卻除此之外什麼也沒法做。現在與他們為敵無疑是下下之策。

（不夠啊……）

少女們深陷一籌莫展的狀況中。

連接下來該採取何種行動都不知道。

（無論是情報、人手，還是實力，全部都嚴重不足……）

白蜘蛛可怕的能力，短暫的時限。既無法與克勞斯會面，包圍少女們的ＣＩＭ又不合作。

（可是……就連此時此刻，莫妮卡前輩也……老大也……！）

滿心焦躁。

——如果不能抓到白蜘蛛，就無法救出莫妮卡。

——如果不能阻止白蜘蛛，克勞斯將會被殺害。

儘管明白這一點卻找不到任何活路。

（但是現在小妹等人卻沒有其他人可以依靠——）

莎拉握緊拳頭，強忍住心中的不甘。

就在她們束手無策地佇立在醫院前時，米涅的無線電機響了。好像是有訊息傳來。

她拿起無線電機聽了一會後揚起嘴角。

「啊哈哈，又有一則壞消息嘍。」

她不知為何喜孜孜地這麼說。

但是少女們已經不想再聽見其他壞消息了。

「真可笑耶。妳們剛才說合作是嗎？不過很可惜！妳們的同伴似乎並不打算跟妳們合作喔？」

面對她挑釁的口吻，席薇亞「什麼啊？」地質問。

「接下來，老娘我們將展開射殺行動。」

米涅將外套一掀，亮出收在槍套裡的手槍。

「——『忘我』安妮特聽說從病房逃脫了。」

◇◇◇

正當克勞斯和亞梅莉在交換情報時，她的部下氣急敗壞地進到房內。

簡明扼要地說明了狀況。

──「忘我」從醫院消失了。

「燈火」的少女們的行動自由雖然受到保障，卻不被允許在未受監視的情況下四處活動。據說現在CIM已派出可調動的人力，正在追查她的行蹤。

這樣的發展對克勞斯來說十分意外。

由於他遭到監禁，無法去安妮特的病房探望，因此完全無法預料會發生這種事。

「……情況相當糟糕啊。」他不由得倒抽一口氣。

「是啊。」亞梅莉也點頭附和。「在追捕『忘我』的應該是『瓦納金』部隊。」

「這樣啊，還是趕快阻止比較好。」

「就是啊，那支部隊的人十分粗暴，追兵搞不好會射殺『忘我』──」

「不，我擔心的不是那個。」

克勞斯決定直截了當地解開誤會。

「是安妮特有可能會殺光追兵。」

亞梅莉錯愕地「咦？」了一聲，不過克勞斯並沒有在開玩笑。

他早就料到安妮特會因為敗給莫妮卡而失控大鬧。這名少女從未經歷過挫折，而且她體內還蘊藏著令人戰慄的邪惡。當那股邪惡初次受到強烈刺激時，也許會引發爆炸性的化學反應。

現在想想，莫妮卡可能是想激發出安妮特的潛能吧。

然而，那卻是連克勞斯也會猶豫要不要觸碰的黑盒子。

「……那個小女孩究竟是什麼人？」

亞梅莉喃喃地說。

「聽說她單方面地打倒了我的部下。『自毀人偶』的一條手臂被砍斷，被迫得暫時離開第一線。」

「這個嘛，是我打出了一張粗暴的牌。」

那是克勞斯下達的指示。

她接下偷襲「貝里亞斯」的副官這項任務，乾脆地完成了它。不僅如此，她還順便笑著踐踏砍下的手臂，行徑實在驚悚。

「我也對她有許多不了解的地方。」

克勞斯坦承。

「不過，她無疑是正確順應這個錯誤世界的，某種可怕的存在。」

她的存在本身是個錯誤——克勞斯不想使用這樣的措辭。

可是這麼一來，究竟該如何評論這名對殺人毫不避諱的少女才恰當呢？

「最好即刻讓百合、席薇亞和莎拉三人去追她。」

「看來這麼做比較好。」

亞梅莉點頭同意，然後迅速對部下下達指示。從毋須聽取冗長說明便能著手應對這一點，可以窺知她是個聰明人。

「……原來如此，她們幾個知道怎麼阻止『忘我』啊。我想請教阻止她的方法以作為參考，那到底是什麼方──」

「不，她們什麼都不知道。」

「啥？」

「安妮特體內隱藏著邪惡本性──我還沒有向部下說明這一點。」

「…………」

亞梅莉用極度錯愕的眼神望著克勞斯。

「那她們要怎麼阻止她……？」

就算被瞪也是沒辦法的事。

克勞斯不想隨便將安妮特的隱私散布出去。

比起間諜，這是他以教師身分做出的判斷。

她一直刻意隱藏自己的本性。無論是暗殺母親，還是攻擊工作中遇到的麻煩人物，她都是瞞著同伴悄悄執行。

「但是，眼前也沒有其他辦法可以阻止安妮特了。」

克勞斯左右搖頭。

當然，如果克勞斯能夠獲准離開這個房間就另當別論，不過這應該不可能成真吧。

亞梅莉一副無法置信地皺起臉。

「你會不會太信任自己的部下了？」

「哦，怎麼說……？」

她已經和少女們接觸過很長的時間，或許已利用她出色的觀察力看出克勞斯所沒注意到、值得擔憂的地方。

「我從之前就一直在想，你似乎對自己的學生有很高的評價，但你難道完全忘了前幾天才剛發生的事情嗎？」

「……什麼事？」

「被學生背叛——身為教育者，你徹底失敗了。」

克勞斯無法否認她的這番話。

他沒能阻止莫妮卡。身為她的老大和教官，這件事無疑是非常嚴重的失態。

換句話說，亞梅莉語氣嚴厲地說下去。

「莫妮卡的背叛或許足以破壞那群孩子的情誼。」

◇◇◇

安妮特的逃脫似乎帶給ＣＩＭ很大的衝擊。

畢竟她原本是在病房內四肢遭到拘束。

而且那棟由ＣＩＭ掌控的病房大樓因性質特殊，所以戒備十分森嚴，無論是從外部入侵還是從內部逃脫，都需要專用的密碼和鑰匙。要在沒有其他ＣＩＭ情報員的陪同下進出是不可能的。

因此出現逃脫者一事可說是前所未聞。

「話說！」

一邊在休羅的街道上狂奔，席薇亞一邊大喊。

「安妮特可以外出到處走嗎？她不是——」

「她當然必須好好靜養！」

百合也不服輸地大聲嚷嚷。

「但是安妮特這個人就是會滿不在乎地到處亂跑啊！」

聽完米涅的說明後，莎拉等人立刻彈也似的展開行動。她們從病房拿來安妮特的寢具，讓莎拉的小狗聞了之後憑氣味搜尋。

她們推測安妮特應該離醫院不遠，於是將目標鎖定附近的巷弄。

現在的時間還算是下午時段，街上到處都是滿滿的人潮。身穿病人服的眼罩少女在外走動應該會很引人注目，然而卻依舊遲遲不見她的蹤影。

少女們必須立刻找到她是有原因的。

首先是CIM不可能會允許有人逃脫。一如米涅所言，他們有可能會即刻射殺安妮特。再來就是安妮特身受重傷。假使傷勢惡化，她的性命必定堪虞。

（安妮特前輩……）

莎拉一想起她的心情便心急如焚。

應該要更關心她的，莎拉暗自反省自己的失態。

在人潮中前行一陣之後，跑在莎拉前方的小狗突然轉換方向。

「強尼先生有反應了！」

小狗蹦蹦跳跳地前往某個公共設施的出入口。

雖然面向大馬路，卻宛如張開黑色大嘴一般陰森的暗處。

「是地下鐵！」

休羅是世界上最早引進地下鐵的城市。引進當時還是採用煤煙瀰漫的蒸汽火車，然而如今已更換成電力火車，軌道路線也擴大遍及整座城市。

「真不愧是安妮特。她為了逃跑潛入地下了啊。」

百合加快速度，衝向出入口。

通往地下的樓梯僅有寥寥幾盞燈，光線昏暗。愈往下走，陽光便愈發遠去。通風系統雖然好像有在運作，但還是令人感到呼吸困難。混濁的空氣感覺都快讓喉嚨發疼了。

就算是安妮特，想必也無法搭乘地下鐵吧。

來到長長階梯的盡頭後，前方出現一道標示「非工作人員禁止進入」的門。那扇門原本應該緊閉，此時卻微微開啟。

小狗鑽進那扇門的門縫，少女們也跟在後面。

「……是緊急通道啊。」

跟在後頭的米涅以佩服的語氣說道。

為了應付事故發生的狀況及進行維修，地下鐵中有著與軌道平行、人可以通過的道路。安妮特似乎是利用那條緊急通道在移動。

少女們借用放置在一旁的緊急手電筒，急忙前行。

「是血！」

跑了幾分鐘後，席薇亞用手電筒照亮通道的地板。

地板上沾黏著血液。顏色偏黑的紅色液體彷彿要融入黑暗之中。

「她果然不能到處亂跑！要是死在哪裡的話——」

就在席薇亞高呼之時，電氣火車正好駛來。

巨大鐵塊發出轟隆巨響，從少女們行經的通道旁駛過。車輛的強烈光線照亮了通道。

這時，殿後的百合「啊！」了一聲。

黑暗中——安妮特吐著血，坐在地上。

她把背靠著水泥牆，緊閉雙眼。

血從嘴角溢出。之前散落在通道上的，似乎是她吐出的鮮血。

「安妮特前輩…………？」

車輛駛過，當寂靜再度降臨通道時，莎拉開口。

「妳的傷口裂開了……我們馬上回醫院去吧……」

一將手電筒的燈光朝向安妮特，她隨即睜眼。

安妮特好像還活著。看來她雖然從醫院逃了出來，病情卻中途惡化了。

（不過，她給人的氛圍感覺跟平常不太一樣……）

莎拉不由得倒吸一口氣。

席薇亞則毫不猶豫，「喂喂喂，妳還好嗎？」地朝她走近。

結果，安妮特在站起身的同時甩動了某樣東西。猶如鞭子的物體被甩打在通道的地板上。

劇烈的火花在維修通道上四濺。

「「──────！」」

席薇亞和百合同時跳向後方。不小心被撞到的莎拉也發出悲鳴。

安妮特的右手握著一條粗大的電線。

她大概是用偷來的刀子，砍斷通道上延伸的配線吧。鋼線從絕緣皮內露出，因為短路而噴濺出小小的火花。

「請不要來管本小姐。」

和平常的安妮特不同，絲毫不帶感情的語氣。

從電線濺出的火花，令佇立在黑暗中的安妮特的側臉浮現。

「本小姐──要去殺了莫妮卡大姊。」

指尖發麻。

像是被潑了冷水般呼吸困難的感覺。

莎拉所認識的「忘我」安妮特，臉上總是帶著純真無邪的笑容，只要不講話就可愛得宛如天使。她雖然是個舉止奇特、言行經常令其他人感到困擾的問題兒童，卻也是帶給少女們心靈療癒的小女孩。

——然而如今在眼前的，卻是莎拉所不知道的「某種東西」。

「百合……莎拉……」

席薇亞的聲音顫抖。

「……她剛才說的話不是開玩笑……是貨真價實的殺意……」

她似乎也察覺到安妮特的異樣了。

其實，莎拉等人過去也不是完全沒有察覺到她的異樣。她們早就猜想到，她在一起完成任務的過程中做了一些不為人知的事情。

可是，這次實在是太過火了。

——即使對方是莫妮卡，仍執意抹殺傷害自己的人。

那就是安妮特不曾示人的另一面嗎？

米涅向前走出一步，將手伸進外套內側，打算取出手槍。百合「請等一下！」地急忙制止。

必須馬上說服安妮特才行，否則米涅有可能會開槍。

「安妮特前輩。」

和她親近的莎拉率先開口。

「莫妮卡前輩是同伴喔。她會攻擊安妮特前輩一定是有什麼理由——」

「什麼同伴？」

安妮特不為所動。

「本小姐只把大姊們當成『有趣的玩具』而已。」

「…………！」

「請快點回去，不要妨礙本小姐！」

彷彿喉嚨被緊緊勒住的空虛感襲來。

安妮特的話似乎千真萬確。她從前會在「燈火」裡展露笑容，大概是因為那裡對她而言是個舒適的環境，而不是因為情誼這種廉價的情感。

凡是令自己不快的人就是抹殺對象。

無論是克勞斯、莎拉，還是席薇亞、緹雅、葛蕾特、愛爾娜、百合以及莫妮卡，只要有人讓她覺得不愉快，她便會不假思索地要對方的命。

——唯一奉行的，是「本小姐」這個極致的自我中心主義。

過去隱藏在天使般笑容中，毫不掩飾的邪惡佇立在眼前。

不知該如何說服。僵持狀態就這麼持續著。

首先露出頹勢的是安妮特。

「！」

她一臉痛苦地吐著血，腳步瞬間踉蹌。

「安妮特！」席薇亞大喊。

然而她才往前跨出一步，穩住身體的安妮特便甩動電線，令她不敢再踏出第二步。安妮特完全不肯讓別人靠近自己。

安妮特顯然仍處於必須在醫院療養的狀態。

可是她卻連讓別人關心自己都不肯。

席薇亞不甘心地向後退。在這條直線通道上，即使擁有她的瞬間爆發力一樣很難應對。

百合咬著嘴唇，向前一步。

「——我知道了，我會幫忙妳殺人的。」

席薇亞「嗄？」地露出不可思議的表情。

莎拉明白她的意圖。百合的話並非發自真心，而是打算先表面上裝作認同安妮特的願望，將她帶回醫院。

「我答應會幫忙妳殺了莫妮卡，所以，我們先把傷治好，好嗎？妳應該不知道莫妮卡的下落吧？我也會幫妳找人，所以——」

「那種敷衍的話就免了。」

安妮特冷冷地回應。

「大姊，妳該不會到現在還以為本小姐是腦筋很差的小鬼吧？」

「——————！」

在她冰凍無光的目光注視下，百合像是為自己的失策感到羞恥地倒吸一口氣。

敷衍的說詞輕易就被識破了。

「本小姐實在搞不懂。」

安妮特不耐煩地甩動電線。

互相摩擦的配線濺出火花，令她白皙的臉龐在黑暗中浮現。

「大姊們為什麼要像這樣挽留本小姐？什麼是同伴？不可以殺人的理由又是什麼？」

像在鬧脾氣般被甩動的電線產生出無數火花。

火花在天花板、在牆壁、在地板爆裂，不斷地燒灼空氣。

「為什麼本小姐跟大家不一樣？為什麼本小姐非得將自己的不同隱藏起來不可？」

火花爆裂。

「本小姐覺得好不自在！好討厭本小姐眼中看見的東西！」

火花爆裂。

「長大之後，本小姐就能夠擺脫視野中那個鮮紅色的東西嗎？」

——鮮紅色？

莎拉無法理解安妮特的話。

但是，就算去猜測那句話的意思也沒用。因為安妮特有著只有她自己才看得見的世界，而那個世界是其他人所無法感知的。

——無法理解安妮特。

她此刻正拚命訴說著什麼。顯露自己的本性，吐露強烈的情感，忍受身體的痛楚放聲吶喊。

可是，自己卻只能呆站在原地。

旁邊的席薇亞和百合也一樣，都只能不知所措地注視著她。

即使「燈火」的其他少女在場恐怕也是一樣吧。縱使是擅長交涉的緹雅、擁有出色智謀的葛蕾特，也同樣拿她沒辦法。

究竟要如何面對一個只會對殺人這件事釋放衝動的存在呢？

「啊哈哈，看樣子已經到極限了。」

米涅冷冷的說話聲響起。

「老娘雖然不是很懂，不過『那玩意兒』的腦袋已經壞掉了啦。妳們幾個趕快退下，老娘要用『絕音響』壓制之後射殺她。」

席薇亞和百合同時大喊「「等等！」」制止她，結果她皺起眉頭反問「那妳們打算怎麼說服她？」。

見到少女們啞口無言，米涅哈哈大笑。

「妳們終究也只會嘴巴說說而已。」

她露齒嘲笑。

「口口聲聲說要打倒白蜘蛛，可是妳們到底能夠做些什麼？嗄？妳們倒是說來聽聽啊！連一名同伴也說服不了，妳們也太不像樣了吧！啊哈哈，真是爛透了！」

「……！」百合咬住嘴唇。

「什麼也辦不到的小侍女少給我插嘴！」

企圖拿出球形聲波武器的米涅。

以及試圖阻止她的百合和席薇亞。

通道深處傳來新的腳步聲。是其他ＣＩＭ的人趕來了。那些人抵達後想必會加入米涅，攻擊安妮特吧。

時間所剩無幾。

ＣＩＭ和安妮特之間即將展開一場互相殘殺。

（……這樣不行。）

想像起最糟糕的結局，莎拉的心逐漸被恐懼所吞噬。

這樣下去，安妮特有可能會遭到殺害。

可是如果放走她，很顯然又會引發新的問題。

（絕對不能讓安妮特前輩死去。）

必須打破現狀。

可是，她完全不聽百合和席薇亞的話，說服徹底失敗了。

究竟有誰能夠和這種無法以常識、道理溝通的存在對話——

「——！」

察覺這一點的瞬間，莎拉靜靜地吸氣。

下定決心。

接著，她朝緊握電線的安妮特走去。重新戴好報童帽之後，這一次她大口地將空氣吸滿整個肺部。她反抗席薇亞和百合的制止聲，繼續前進。

「安妮特前輩。」

莎拉竭盡所能地露出微笑。

「——妳不用再害怕了喔。」

一瞬間，安妮特錯愕地張開嘴巴。

莎拉沒有放過這個可乘之機。

「代號『草原』——四處奔跑的時間到了。」

她一邊向前衝，一邊揮動手臂。

對自己潛藏在地下鐵軌道上的動物下達指示。老鷹、鴿子、老鼠、狗，莎拉所擁有的所有寵物。潛伏在黑暗中的牠們逐漸包圍安妮特。

「！」

對此大感意外的安妮特停止動作。

幾乎在同一時刻，莎拉也已來到安妮特面前。她閃過對方試圖抵抗的手臂，從背後抱住安妮特壓制她。

「——已經沒事了。」

莎拉撫摸安妮特的頭，緊抱著她。

「放心，沒事的！妳不需要再害怕了。」

「大姊，請妳放手！」

安妮特大喊。

「本小姐才不害怕！本小姐只是搞不懂而已！」

大概是被動物觸碰身體覺得很不舒服吧，她已經鬆開電線，不停扭著身子試圖逃離莎拉的擁抱。拚命掙扎的她力氣好大。

「本小姐！覺得好噁心！紅色的東西！好討厭這個紅色的東西！」

她不停說著只有她才能理解的話。

「大姊妳們！就只會把本小姐關進狹窄的籠子裡！」

激烈的怒吼。

「要不然！就是有一天會把本小姐當成壞人，殺死本小姐！」

宛如悲鳴。不停吶喊使得她聲音沙啞，氣喘吁吁。

莎拉完全沒有鬆手，繼續緊抱住安妮特。

「小妹等人不會把妳關進籠子的！」

她也不服輸地放聲大喊。

「無論妳是壞人，還是妳殺了人，那些都不構成否定安妮特前輩的理由。」

「那本小姐要怎麼做——」

「妳什麼也不用改變！」

莎拉觸摸安妮特的臉頰。

「——即使安妮特前輩變成罪大惡極之人，小妹也會接納妳。」

席薇亞和百合詫異地發出「啥……？」的聲音。

莎拉沒有停止擁抱。她祈禱似的咬著嘴唇，堅持不放開安妮特的身體。她的寵物們也死纏爛打地依偎著安妮特。

莎拉知道。

面對無法用言語溝通的對象，起初應該做的不是說服，當然也不是交涉和懲罰。

——是寬容。

當她認知到安妮特是「無法用言語溝通的存在」時，答案馬上就出來了。

這不正是自己所擅長的領域嗎？不管是老鷹、鴿子、老鼠，還是狗，莎拉都是用心在和牠們交流。

首先是接納。也就是接受對方的一切。指導什麼的等之後再說。

這是莎拉值得自豪的——唯一一個優點。

安妮特開始慢慢放鬆力氣。

「……本小姐…………」

呢喃聲從唇間溢出。

「……可以繼續當個壞孩子嗎？」

「那當然了。妳就和小妹一起思考要怎麼繼續當個壞孩子活下去吧。」

莎拉溫柔地撫摸她凌亂的頭髮。

不久，安妮特將體重整個壓在莎拉身上。

沒一會兒，細微的鼻息聲傳來，眼睛也閉上了。看來跟剛才的葛蕾特一樣，她也已耗盡了體力。

百合和席薇亞同時跑過來，大口吐氣。

「冷靜下來了……？不會吧……？」

米涅瞪大雙眼，似乎不敢相信這突如其來的變化。

既然她不了解安妮特，也難怪她會如此驚訝了。安妮特是個只要冷靜下來，便會可愛得宛若天使的少女。

當然，剛才那無疑是險招。只要稍有差池就會被安妮特殺死。

身體好熱。汗水像瀑布一樣噴發。血液激烈地在全身竄流，即使不觸摸也感受得到心臟正高聲跳動。

像是被快速的心跳所驅使一般，莎拉開口：

「——不是什麼都辦不到喔。」

「嗄？」

「米涅小姐，請妳訂正剛才說的話，就是『什麼也辦不到的小侍女』這句台詞。因為有人願意替小妹加油，」

她望向神情愕然的米涅。

然而她並沒有生氣。自己之所以能夠幫助安妮特，是因為米涅的言行讓她回想起某句重要的話。

——『妳要自己找出來。找到身為間諜的理想、作戰方式，以及生存之道。』

那是她所尊敬的第二位師父賦予她的課題。

「小妹終於知道自己想要成為的理想間諜是什麼模樣了。」

她定睛注視著米涅，清楚明白地說道。

「『燈火』的守護者——小妹要成為不讓任何同伴死去的間諜。」

沒有迷惘。

比起達成任務，比起身為間諜的使命，莎拉心中還有其他更重要的東西。

若是把這個答案告訴莫妮卡，不曉得她會露出何種表情？一邊想像著，莎拉輕輕地將臉貼在安妮特背上。

◇◇◇

亞梅莉的部下再度來到克勞斯所在的房間，報告莎拉等人已經抓到安妮特了。她們似乎已將安妮特順利帶回醫院。

「果然成功阻止她了啊——好極了。」

安撫安妮特的人想必是莎拉吧。如果是能夠和無法以言語溝通的動物心靈相通的她，只要她能提起一絲勇氣，一定也能夠應付安妮特。

正當克勞斯感到安心時，亞梅莉露出極度不悅的表情。

「……意思是，一切都在你的算計之中嗎？」

她似乎為了自己預測失準而感到羞恥。

「不，沒有那回事。況且妳的指摘也很正確。」

克勞斯左右搖頭。

「身為教育者，我的確失敗了。我應該要更關注莫妮卡才對。」

「……你承認了啊。」

「那當然。只不過，我並不打算承認自己的所作所為全是錯的。」

克勞斯的確為自己和部下的相處方式感到後悔。有時也會為自己的不成熟感到苦惱。

可是，少女們確實有所成長也是事實。

「她們證明了我身為教育者的真正價值。」

克勞斯可以斬釘截鐵地如此斷言。

他有著身為她們教官的志氣。儘管深知自己並不成熟，他也盡了自己最大的努力。他比誰都還要了解少女們是多麼勤奮地訓練。

而今後少女們將會展示出他的教育成果。

亞梅莉重新坐在椅子上，一副像要讓自己冷靜下來地扭動身子，「可是……」然後帶著凌厲目光對克勞斯說。

「容我再說一遍，由她們來打倒白蜘蛛果然還是——」

「當然很困難。不過，妳是不是忽略了一件事？」

對著一臉狐疑地眨眼的亞梅莉，克勞斯果斷地說。

「**我也打算殺了白蜘蛛喔**。」

不可能全部交給少女們，自己只是悠哉地等待。

一定要讓白蜘蛛得到折磨莫妮卡、「鳳」、自己的部下們的報應。

走廊上傳來腳步聲。察覺到有像是寶石碰撞摩擦的聲音混在腳步聲中，他將視線轉向房門。

「你們ＣＩＭ應該也是一樣。你們也想殺死殺害王族的幕後黑手吧？」

門的另一頭傳來回應。

「那當然……我們ＣＩＭ也絲毫不打算放過『蛇』。」

亞梅莉的部下在房間前驚慌失措的聲音傳來後，門隨即開啟。

「……奈森大人！」亞梅莉急忙端正姿勢。

對方比預定時間提早許多抵達。

那是一名全身戴滿裝飾品，年約三十歲中段的男子。長及大腿根部的頭髮，以及多到幾乎覆蓋雙臂的手環，令他渾身散發出異樣的氛圍。每當他晃動，緊密鑲嵌著碩大寶石的手環便發出刺耳的聲響。

「……好久沒像這樣跟你見面了，隆。」

君臨世界最高峰的諜報機關ＣＩＭ的頂點——最高機關「海德」的其中一員。

——「咒師」奈森。

「啊啊，真是風雅……」

克勞斯不曉得他已經如此出人頭地了。

「那是我當時使用的假名。我平常是用克勞斯這個名字。」

克勞斯才說完，就見到亞梅莉瞪大雙眼。

「奈森大人，你和燎火認識嗎？」

「……我們是以前透過任務認識的。那大概已經是四年前的事情了。」奈森讓手環發出叮叮咚咚的聲音。「當時的他比現在還要來得暴力且美麗。」

「他現在也夠暴力了。」

「不，他以前更是令人束手無策……簡直有如天神派來的聖獸。」

四年前和師父基德一起活動的時代，他們曾經和CIM的諜報部隊為了同個目標發生衝突。由於奈森和「火焰」在世界大戰時期曾經共同作戰，因此最後雙方達成了和解。

「克勞斯，『紅爐』的事情真教人遺憾啊。我以前也和她見過幾次面，而且每次都被她那宛如魔法的美麗本領迷得神魂顛倒……」

「現在不是暢談往事的時候。」

見克勞斯搖頭這麼說，奈森微微揚起嘴角回了句：「說得也是。」

終於有機會和最高幹部當面對談了。

「亞梅莉。」奈森說。「不好意思，可以請妳離開房間嗎？」

「……是，我明白了。」

「委屈妳了。不過，我希望妳去進行之前提過的那件事。」

一瞬間，亞梅莉為了無法參與會議顯得有些不滿，不過她隨即像是想開似的迅速離去。

接下來將展開一場最高機密的對談。機密到連部下也必須支開的程度。

門一關上，奈森立刻開口：

「好了，你想必已經想好辦法了吧……？」

「我準備了兩個。」

克勞斯即刻回答。

「『極有效率也容易實現的最佳作戰計畫』、『只有風險和成本且實現困難的最差勁作戰計畫』——你想先聽哪一個？」

奈森一邊讓手環發出聲響，一邊微笑著說「真是風雅」。

◇◇◇

莎拉等人將安妮特送回了醫院。

因為不能讓騷動更加擴大，所以她們沒有叫救護車，而是盡可能沿著人煙稀少的巷弄，移送睡著的問題兒童（安妮特）。

聯絡ＣＩＭ方面的工作則是由米涅負責。

途中，揹著安妮特的席薇亞喃喃地說：

「不過，這樣好嗎？」

「咦？」走在一旁的莎拉做出反應。

「對安妮特說那種話。總覺得有點危險……」

她好像對莎拉剛才的發言感到憂心。

——不用改變。就算是壞人也願意接納。

莎拉藉著認同安妮特的不安，成功安撫她的激動情緒。

可是現在想想，那番發言確實相當危險。

「小、小妹似乎一時衝動，說出非常不得了的話了……！」

「居然是一時衝動！」

「因為當時小妹拚命想要讓安妮特前輩冷靜下來……！」

莎拉點頭。

「不、不過小妹覺得不會有問題啦。」

她這麼回答，讓在頭頂上飛翔的老鷹停在自己的帽子上。

接著她脫掉帽子，撫摸老鷹的羽毛。那是她的最佳搭檔巴納德。

「妳們別看巴納德先生這樣，其實牠也是個挺不聽話的壞孩子喔。當牠真的生氣時，有時就算小妹制止牠，牠還是會攻擊人類。但儘管如此，牠依然是小妹的好搭檔。」

莎拉接著撫摸安妮特的背。

「所以，一定也有能夠和安妮特前輩好好相處的方法啦。假使她本人有那個意願的話。」

「居然把她當成動物看待……不過說得也是，那的確是妳的強項。」

席薇亞點頭表示贊同，並且溫柔地拍拍莎拉的頭。

「很不錯的目標嘛。『燈火』的守護者——如果是妳一定能辦到。」

「是，小妹會努力的……！」

雖然是自己做出的宣言，不過被人當面這麼說還是怪不好意思的。

正當席薇亞和莎拉相視而笑時，百合在後面偏了偏頭。

「說到這裡，有一件事情實在令人想不通耶。」

她一臉不解地望著安妮特。

「安妮特究竟是怎麼逃離病房的啊？她應該有被拘束起來吧？」

「當然有啦，啊哈哈！」

走在最後面露出銳利目光的米涅高聲說道。
「怎麼?妳們對這件事圓滿落幕有什麼不滿嗎?她擺脫老娘我們的監視逃跑可是一個大問題耶!咦?妳們問老娘打算怎麼處置妳們?」
她依舊滿面笑容,唯獨眼神十分凌厲。
「當然是把妳們幾個也監禁起來啊!」
她滿臉嘲笑地瞪著少女們。
感覺一下子就被拉回到現實。
——現狀毫無改變。
白蜘蛛行蹤不明,而且他疑似擅長讓敵人倒戈。但是,即使想要對他提高警戒,CIM也不可能會放少女們自由。
——力量不足。
不僅如此,米涅還試圖限制少女們的行動。米涅步步逼近席薇亞,粗魯地搖晃她身上揹著的安妮特。
「喂喂喂,快說!妳是怎麼從病房逃脫的?快給老娘說清楚!」
席薇亞沉下臉抗議「喂,妳會吵醒她的」,一邊跳開。
因為身體晃動的關係,安妮特醒了過來。她嘟噥著「嗯啊……?」,用不悅的眼神瞪著米涅。

然後像在說夢話似的開口：

「……是『鳳』的面具男幫助本小姐逃走的。」

「「「咦……」」」

面對意想不到的回答，莎拉等人不禁目瞪口呆。

◆◆◆　◆◆◆　◆◆◆

「凱風」庫諾站在安妮特的病房內。

他是一名戴著白色面具的壯碩男子。沉默寡言卻擁有出色工藝技術的他，是「鳳」的成員之一。他在任務中主要負責破壞和暗殺，暗中支撐著整個團隊。

這名間諜的職責和安妮特相近。

他潛入病房，靜靜望著床上的安妮特。

安妮特感到苦悶不已。她為了尋求能夠發洩心中憤怒的對象，不停地扭動掙扎，使得綑綁她的鎖鏈碰撞出聲。解開不了束縛的她發出哀號，倒在床上。即使閉上雙眼試圖好好休息，大概是擊敗自己的莫妮卡的身影浮現腦海了，她的情緒又再度激動起來。

「…………是。」

庫諾靜靜地旁觀她那副慘不忍睹的模樣。

「……遭到囚禁的家人啊，妳想要大肆宣洩激情，徹底破壞一切嗎……？」

他伸手觸碰束縛安妮特手臂的鎖鏈。

接著他微微點頭，從口袋取出鐵片放在她的枕邊。

「……去吧。」庫諾神情落寞地低喃。「這也是為了讓妳改變的儀式……」

◆◆◆　◆◆◆　◆◆◆

「『鳳』……？」

莎拉等人目瞪口呆，僵在原地。

——「凱風」庫諾救了安妮特。

如果直接解讀她的話，那麼便是這個意思。

但是，這是不可能發生的事。他已經死了。他已遭到「貝里亞斯」襲擊，命喪黃泉。

米涅果不其然放聲大笑。

「怎麼可能會有那種事！啊哈哈，『鳳』除了『浮雲』外全員皆已死亡這件事，我們也已經知道了……啊，妳不准睡！喂！」

大概是用盡力氣了，安妮特說完便再度睡去。她不顧吵鬧的米涅，舒適地趴在席薇亞背上。

——既然她是安妮特，那麼剛才那些話應該只是隨便說說吧。

——又或者她是故意要讓吵鬧的米涅感到困惑。

這麼解讀比較恰當。應該說，肯定是這樣沒錯。「鳳」的成員已經去世這件事，是「燈火」不得不接受的事實。

不過，這番胡言亂語卻給了莎拉某個提示。

浮現在她腦海中的，是某個傳說中的生物。

「…………不死鳥。」

「嗯？」百合疑惑地歪頭。

「陽炎宮的牆面上不是有畫嗎……就是『燈火』和『鳳』的證明……」

那已經是一個月前的事了。

「鳳」和「燈火」交流的蜜月最後一晚——持續喧鬧到早上的成員們，大家一時興起在陽炎宮的牆面上畫了一幅巨大的畫。

——火鳥。

不知是提議的。「燈火」與「鳳」的團結象徵。

他們懷著希望所有人都能平安活著的心願，畫出傳說中的不死鳥。但是嚴格來說，火鳥並非不死，而是會在壽命將盡時，自己衝進烈火中然後復活。

火鳥是——會重新復活的鳥。

「……沒錯，因為這是『燈火』和『鳳』……最初也是最後的聯合任務……既然力量不足，那麼只要借用他們的力量就好……！」

所幸，此時米涅的注意力都放在揹著安妮特的席薇亞身上。

莎拉小聲地對百合說，不讓米涅聽見。

「我們讓『鳳』復活吧。」

這便是用來打倒白蜘蛛的計策。

能夠支援力量薄弱的少女們的只有他們。

既然如此，那就依賴他們吧。

即使他們是再也無法交談，早已天人永隔的同胞。

ＣＩＭ這邊正為了達林皇太子的喪禮逐步進行準備。

這場喪禮是向國內外宣傳的場合。

逮捕殺害皇太子的凶手需要時間，國內因此陷入動亂長達十日以上。至今國民對政府、警察、諜報機關依然存有不信任感。

有必要向國內外展示芬德聯邦固若磐石。

自從經濟能力被穆札亞合眾國超越之後，芬德聯邦的國際地位便不如以往。

王室是芬德聯邦勝過合眾國的榮耀之一。萊波特女王是以歷史悠久的芬德王國為始祖，受王國支配的十四國聯合組織——芬德聯邦的領袖，有必要重新讓眾人認識其威望。

喪禮上，來自世界各國的王族、國家元首、第一夫人、國務長官等將齊聚一堂，在夏林達寺舉行的禮拜則會有超過兩千名國賓參加。另外，將遺體從宮殿移靈至夏林達寺時，王族會組成送葬隊伍，預計在市內遊行兩小時以上。

典禮過程中，不允許有恐怖行動和暴動事件發生。必須嚴格取締反政府思想人士，防範於未然。

ＣＩＭ傾盡全力為了典禮做準備。

在那樣的情況下，特務機關「貝里亞斯」的老大亞梅莉被交付了一項密令。

◇◇◇

在ＣＩＭ本部地下的盤問室裡，亞梅莉重新觀察那名人物。

愈是就近觀察，就愈是不敢相信。

年齡應該不滿二十歲吧，長相稱得上還是一名少女，體型則是高挑而纖細。從雙肩延伸至手肘、有如龜裂一般的傷痕，從短袖的囚犯服中顯露出來。

那人面帶淺笑，隱約露出凌亂的牙齒。

——「魔術師」蜜蕾娜。

基於慣例而成為ＣＩＭ最高機關「海德」一員的三公主的次女。

然後，據說她還有另一個名字。

——「翠蝶」。

她之前遭莫妮卡以小刀砍殺，受了暫時意識昏迷的重傷，不過現在總算是恢復到可以交談的狀態。

據說她是「蛇」的同夥。這則情報是由莫妮卡告訴克勞斯，再由克勞斯告訴亞梅莉的。此事雖然令人難以接受，卻有許多足以證明這是事實的間接證據。

——「海德」裡面有叛徒。

知道這個有可能撼動ＣＩＭ根基的事實的，只有一部分的「貝里亞斯」和「海德」的成員。盤問她一事，則是在奈森的指示下暗地執行。

在場只有亞梅莉一人。

「那麼我們就開始了，蜜蕾娜大人——不，應該叫妳『翠蝶』才對。」

兩人單獨在地下室裡隔桌相對。

「請妳把一切都說出來。包括妳為何背叛祖國的所有一切。」

「…………………………」

對方並未馬上開口。

她朝亞梅莉投以打量似的目光，持續短淺的呼吸。

「……快放我出去。難道妳想反抗身為『海德』的我？」

「妳已經不是『海德』了。」

亞梅莉不理會她的威脅。

「姑且假設妳不是叛徒好了。但是我們沒能防止達林皇太子殿下遭暗殺，還讓『燒盡』失控，致使許多成員受傷。這一切都是妳所帶來的情報——間諜團隊『鳳』企圖暗殺殿下這個假消息造成的。」

「……！」

「我們永遠都是正確無誤——CIM已經不需要妳這個人了。」

莫妮卡最終讓超過五十名諜報員身受輕重傷。儘管無人喪命，仍必須有人來為這樣的失態負責。

——莫妮卡體無完膚地徹底毀了她。

嘻嘻的刺耳笑聲傳來。

「啊～是喔～是喔～是這樣啊。你們這群愚民真是令人火大耶。」

她的臉上浮現帶著煽動意味的嗜虐笑容。

異樣的氛圍令亞梅莉微微屏息。

「……這才是妳原本的語氣嗎？」

「真是可惜啊，你們實在是太沒用了。要是『貝里亞斯』有殺光『鳳』，事情早就已經結束了。若是你們沒有被『燈火』徹底打敗倒還好，然而你們明明派出上百人包圍莫妮卡一人，結果卻被打得落花流水，這樣不會太蠢了嗎？」

她聳了聳肩，繼續嘲笑。

「都是因為你們太廢，蜜才會輸掉啦。」

亞梅莉隔著桌子探身，朝翠蝶的臉頰猛力揮拳。

受傷的翠蝶自然不可能躲得過那一拳。

「這裡是盤問室，不是妳可以任意妄言的地方。給我搞清楚自己的身分，愚蠢的小女孩。」

被打飛到後方的翠蝶趴在地上咂舌。

「……！妳膽子挺大的嘛。」

「我已經查清楚妳的出身來歷了。」

亞梅莉站起身，用靴子狠踹趴在地上的翠蝶。她每說一句話，便將穿著靴子的腳踢向她的身體。

「妳的本名是琉露絲。雖然身為三公主的次女，但是因為芬德聯邦有一項慣例是將王族中的一人任命為諜報機關的最高幹部，於是妳的存在被抹消，並且接受了間諜的菁英教育。儘管面對在三十年的勤務期間結束之前沒有自由的殘酷宿命，妳依然為國家盡心盡力。」

在翠蝶全身上下製造出無數瘀青之後，亞梅莉一度停止動作。

「聽說妳以前和達林殿下的感情也很好。」

「……是啊。」翠蝶一臉痛苦地回應。「我以前都稱呼他為達林叔叔。」

在那個時代，「海德」肯定也相當看重她。

如果說王室是「白色」，這便是一個所有一切都被染成白色的國家。王族擁有極大的影響力，因此「海德」想必也受在王族和諜報機關之間負責斡旋的她很大的幫助。

然而，那樣的日子卻突然崩塌了。

「妳發現了達林皇太子殿下的『祕密』對吧？」

「…………」

「那是足以令妳出賣祖國，向加爾迦多帝國倒戈的禁忌——沒錯吧？」

雖然純屬臆測，亞梅莉仍姑且這麼斷定。

大概是虛張聲勢奏效了，翠蝶有了些許反應。

「什麼嘛～」她睜大眼睛。「原來妳還算明事理啊。啊嘻嘻，蜜本來還以為妳是個對國王深信不疑的死腦筋女人哩～」

「…………」

亞梅莉原本的確是那樣的人。她信賴王族，一心一意地為「海德」效忠。

然而克勞斯告訴她——「最好對一切抱持懷疑」。

她並沒有全然聽信那句話，不過敗給「燈火」一事和「翠蝶」的存在，確實撼動了亞梅莉至今建立起來的價值觀，同時也令她感到悔恨不已。

翠蝶用顫抖的手臂撐起自己，在粗重的呼吸中緩緩站起身。

亞梅莉不禁瞪大雙眼。

亞梅莉應該有將她折磨到連一根手指也動不了的程度。在亞梅莉盤問過的上百名間諜中，至今還沒有人有辦法起身。

「想要分享……！」

她的嘴唇掙扎著動起來。

「禁忌——是啊，沒有錯，蜜得知了不應該存在的真相。然而卻沒人相信，大家都不願意相信蜜。明明那個男人的確涉入其中，明明他確實打算協助執行『曉闇計畫（Nostalgia Project）』……！不可原諒。蜜好絕望……因為那種行為不可原諒！」

起初她小聲嘀咕，然而從後半段開始，聲音中便漸漸帶著熱度。

不久，翠蝶用雙腿站立，以強而有力的目光望向這邊。

「枉費蜜還以為莫妮卡能夠成為蜜的最佳搭檔，和蜜分享絕望呢。」

「……什麼是『曉闇計畫』？」

全然陌生的名詞。

翠蝶吐出混著血絲的唾液，一副覺得可笑地揚起嘴角。

「妳真的想知道嗎？一旦知道了，妳就再也回不去了喔？」

「…………」

她也太老實了，亞梅莉懷疑地心想。

翠蝶的態度雖然有些地方令人厭煩，不過雙方確實可以進行對話，而且她還很乾脆地透露「曉闇計畫」這個未知的情報。

儘管有股不祥的預感，但也不能就此打退堂鼓。

亞梅莉回答「我已經決定不再當任何人的傀儡」。

「懷疑一切、知曉一切，我想要憑藉自己的判斷，替這個國家的繁榮竭盡心力。請告訴我，達林殿下究竟犯了什麼樣的過錯？」

「妳的眼神變得挺不錯嘛。」

翠蝶露出凌亂的牙齒，搖搖晃晃地回到椅子上。

亞梅莉也回到桌前，與她相對。

「在告訴妳他犯了什麼錯之前，必須先談談那個男人。」

「男人？」

「兩年前，蜜在絕望深淵遇見了那個卑鄙傢伙。」

翠蝶像在欣賞亞梅莉的反應一般說道。

「白蜘蛛——那傢伙才是實質上創立『蛇』的人。」

◇◇◇

當翠蝶開始接受盤問時，白蜘蛛則是在藏身處面對著打字機。

因為他發覺一件可怕的事實。

——那名小說家拖稿了。

和患有古柯鹼毒癮的小說家迪亞哥．克魯加簽約的出版社，發了一封寫著「你要是不現在馬上寄過來，我就去你家找你」的電報來催稿。

截稿日已經過了好多天。

有第三者來家裡對白蜘蛛而言非常不利，但是最重要的迪亞哥還沉浸在毒品製造出的夢境中，連一個字也沒寫。至於黑螳螂則是外出中。

白蜘蛛除了寫稿外別無他法。

「有沒有搞錯啊？一般會在這種情況下假扮小說家嗎？我可是殺死王族，貨真價實的恐怖分子耶！」

白蜘蛛這麼吐槽自己。

「太離譜了啦啊啊啊啊啊啊啊啊啊啊啊啊啊！」

但是就算大吵大鬧，吶喊聲也只會空虛地在屋內迴盪。

就在他這麼嚷嚷時，出版社打電話來了。

『克魯加老師！稿子寫得怎麼樣了？我現在就去你家找你！』

「你好，我是老師的助理。老師現在正在專心寫作，你要是敢來打擾，小心我宰了你。」

白蜘蛛立刻放下拿起的話筒，深深嘆息。

（……不管怎樣也只能寫了。）

古今東西，每位缺乏故事靈感的小說家都會使出相同的最後手段。

那就是不顧羞恥地出賣自己的一生。

◇◇◇

白蜘蛛從前是隸屬加爾迦多帝國陸軍的軍人。

受到戰敗的影響，找不到像樣工作的他於是加入陸軍，然而他卻對訓練毫不積極。世界大戰結束後，由於和聯合國簽訂了和平條約，加爾迦多帝國的軍備因而受限。陸軍本身則因為戰敗的關係，深受國民的責難。

他擅長使用狙擊槍進行遠距離射擊的才能雖然獲得認同，可是現今的戰爭已經不是一名狙擊手就能大幅左右戰況的時代，因此他並未受到太大的評價。

不久之後，他和上級軍官起了衝突，嫌麻煩的他於是自願申請退役。

——二十歲的失業時代。

這是他人生中最享受自由的時期。

他每天的樂趣，就是去買廉價的瓶裝啤酒，躺在夜晚的都營公園裡睡覺。

他很喜歡躺在未經修剪的草皮上仰望天空。

（我現在所在的地方，大概是世界上最弱小的國家了……）

在夜風的吹拂下，他仰望在首都林立的尖塔。

（得意忘形地去挑釁芬德聯邦和萊拉特王國，結果反遭對方打敗的世界大壞蛋……被迫放棄大部分的殖民地，徒留「帝國」的虛名……而且還得賠償比國家預算多幾十倍的賠償金，下場淒慘的戰敗國……）

加爾迦多帝國的首都算不上治安良好。

富裕階層靠著戰後復興的泡沫經濟發財，日日開心地欣賞音樂劇和音樂會。反觀貧困階層則是每晚都在街頭遊蕩，用狂犬似的眼神尋找容易受騙上當的待宰肥羊。

夜晚聚集在公園裡的是金錢、酒、毒品和性。

有錢人和窮人混雜的首都景象，看起來就像在互相撫慰戰敗的傷痛。

——他深愛弱小。

——喜歡那段身上除了零錢什麼也沒有，就這麼心不在焉地仰望天空的時光。

如果有人吵架，他會站在弱者那一方；如果有男人毆打女人，他會毫不猶豫地將對方踹開；如果有在職場上遇到困難的人向他發牢騷，他會幫忙解決問題。正確地恐懼，正確地輕視——他遵從自己所信奉的信條，持續以卑鄙的處世之道應付麻煩事。

他就這樣死皮賴臉地向人討些小錢，過著與流浪漢無異的日子。

他就是這麼一個世上隨處可見的廢物青年。

「真巧耶，我也喜歡弱者。」

某天夜裡，那名中年男子握著酒瓶現身。

男子給人一種落魄大叔的印象。他不時舉起高酒精濃度的酒瓶啜飲，身上穿著到處都是破洞的髒外套。腹部不健康地凸出，斑白的頭髮看起來完全沒有經過梳理。

他來到躺在地上的白蜘蛛身旁，兩人在對飲一陣後變得熱絡起來。

「喔～大叔，你跟我很合得來耶。」白蜘蛛拍手高興地說。

男子似乎心情很好。

只見他把右手放在嘴巴上，「齁、齁！」地喊叫。他似乎是只要開心就會亂叫的那種醉漢。

「不過，你為什麼會喜歡弱者啊？」

男子喝了口酒後這麼問道。

「我對理由什麼的不感興趣。」白蜘蛛依舊躺著，揚起嘴角。「男人也不會去思考自己為什麼會受大屁股女人吸引，不是嗎？」

「隨便說個理由也好。」

「這樣的話，那就是因為我不爽那些自以為了不起的強者。」

「這話還真夠小家子氣的。」

「不過這是事實啊。我們國家的軍人殺了其他國家多少人？而聯合國的軍人又殺了我們多少國民？」

「……這一點讓你很火大？」

「如果全世界的國家都一樣弱，世上就不會發生戰爭了啦。只要人人一手拿著啤酒瓶，就不會有人遭到殺害了。」

「你說的一點都沒錯。」

隨意問答一陣之後，男子又沒來由地發出「齁、齁！」的叫聲。

白蜘蛛用小指塞住耳朵一邊發笑。像這樣和連對方是打哪來的誰都不知道的人隨意交談，也是他喜歡的消磨時間方式。

結果這時，男子說出一句意想不到的話。

「——首都最弱的麻煩剋星。」

「嗄？」

「這個名字很適合你吧？只收取微薄報酬，沒有人脈、財產和住所，沒有東西可以失去的狂犬。你還真是一名奇特的青年啊。」

白蜘蛛眨了眨眼。

對方好像早已單方面地對自己有所了解。醉了的他並沒有因此感到不快。

男子用力拍拍他的肩膀。

「我家老大很欣賞你。齁、齁！請務必讓我介紹你們認識。」

他喜孜孜地舉起酒瓶。

「——你所深愛的世界即將遭到蹂躪。要不要跟我們一起拯救世界啊？」

然後白蜘蛛才知道。

這名有著啤酒肚的酒醉中年男子——自稱「藍蝗」。

◇◇◇

酒精讓腦袋變得遲鈍。白蜘蛛抱著好玩的心態，繼續聽藍蝗說下去。

爽朗的中年醉漢帶著濃濃酒味，喊著「我們是名叫『蛇』的機關」、「是活躍於全球的間諜」，還不時「齁、齁！」地朝夜空喊叫。

白蜘蛛當然不可能會認真看待這種胡言亂語。

在他「跟我來」的催促聲中，白蜘蛛走在夜晚的街道上。不曉得會被帶去什麼地方的感覺令他非常期待。

——加爾迦多帝國的防衛省。

不會吧？白蜘蛛心想。

建築已經熄燈。藍蝗若無其事地說「我已經拜託政務官把人支開了」。他用備份鑰匙從後門進入，一副習以為常地進到更衣室後，從置物櫃拿出外套，將破爛的上衣脫掉扔棄。

至此，白蜘蛛的腦袋逐漸冷靜下來。

「我來向你介紹——」藍蝗的語氣突然變得拘謹。「這位就是『蛇』的老大。」

那名人物早已在防衛省的會客室內等候。

光是視線相交，全身血色便迅速褪去，甚至還在無意識間停止呼吸。這是白蜘蛛生平第一次直覺感應到什麼叫做「不可以看的東西」。
那人以平靜但充滿威嚇感的眼神持續望著這邊。
所有的說明都是由藍蝗負責。
口吻突然變得嚴肅的他，向白蜘蛛說明「名為『曉闇計畫』的計畫正在被暗中進行」、「『蛇』是阻止該計畫的諜報機關」、「我們是不同於以往的加爾迦多帝國諜報機關的獨立機關」。
令人難以置信的內容。
正當白蜘蛛感到困惑時，「蛇」的老大開口了。
「『曉闇計畫』的目的……」那人用沙啞的聲音說。「是將弱者從這個世界驅逐出去。」
那人只說了這句話，之後便再次由藍蝗接手說明。
他給白蜘蛛看了證據。照片和錄音檔證明了那是事實。
藍蝗所說的計畫內容讓人光聽就為之膽寒。即使保守估計，也將會有幾百萬人喪命。人類史的禁忌。白蜘蛛本能地感覺非阻止這個計畫不可。
自己所愛的世界將遭到蹂躪，這句話千真萬確。

但是，他也立刻就理解到要阻止計畫有多困難。

首先必須遊說世界各國的權力人士。然而那麼做，屆時恐怕會與其他諜報機關產生對立。

「等、等一下！我明白你想說什麼了！我沒有懷疑你！」

「喔，你願意相信啊。你果然很聰明耶，我還以為你會一口咬定我在胡說——」

「啊，謝謝誇獎。不過，有一個問題我想不通。」

「嗯嗯？」

「——你到底想要我做什麼？」

白蜘蛛口沫橫飛地大喊。

他被整件事情的嚴重程度給震懾住，嚇到雙腿抖個不停。

「我不懂耶，『蛇』不是為了顛覆世界而成立的機關嗎？像我這種人是能夠在那種大型團隊裡做什——」

「招募成員。」藍蝗說。

「嗄？」

「老大看出你有那份才能。」

他絲毫不覺羞愧地對白蜘蛛說。

「目前『蛇』的成員人數為兩人。就只有老大和我。」

「啥…………………………？」

白蜘蛛張大嘴巴，無法動彈。

見到白蜘蛛滿臉驚訝，他們自嘲似的聳了聳肩。

下個瞬間，一股強烈的笑意從身體深處湧了上來。白蜘蛛不顧眼前的兩人，逕自捧腹大笑。

「啊哈哈，啊哈哈哈！真假？這是真的嗎？只有你們？就憑你們兩個還想對抗世界知名的諜報機關？你們是從哪裡看出自己有勝算啊？」

「我無法否定你的話。」藍蝗聳著肩膀回答。

「老大，還有藍蝗大叔，我欣賞你們。我可是站在弱者這一方的喔。」

白蜘蛛一邊拭去眼角淚水一邊說。

「而『蛇』無疑是世上最弱的諜報機關了。」

有朝一日，世界各國將飽受衝擊，認知到「蛇」這個「神祕諜報機關」的存在。

他們會心想，和以往的加爾迦多帝國不同、沒有情報的強大機關出現了。

可是，這個評價和實際情況卻是天差地遠。

「蛇」只是一個由三人像在創業一樣成立起來的小小諜報機關。正因為人數比一般偵探事務所還少，所以才會來歷不明。

——只憑三人與世界對抗的機關。

◇◇◇

「蛇」的老大賦予青年「白蜘蛛」這個名字，藍蝗則負責傳授他間諜的入門技術。

據說他們從白蜘蛛身上挖掘出某項才能。

——能夠去愛人的軟弱。

他能夠和窮人搭著肩，毫不引以為恥地笑著說「我也沒錢」；他能夠對失戀的人感嘆「我也好想要有對象！」；他能夠對為了職場人際關係苦惱的人，由衷地說一句「我懂你的心情」。

他天生具備即使不交談也能看出對方的弱點，並且打從內心與之共感的能力。

「比起募集優秀的間諜，我更希望你能找到意氣相投的同伴。這樣也比較符合你的個性吧？」藍蝗如此表示。

白蜘蛛搔著腦袋說「是這樣嗎？」，表面上同意了他的話。

「不過藍蝗大叔啊，如果是跟我合得來的人，那最後可能只會找來一群沒用的傢伙喔？像是在組織裡被孤立的變態之類的。」
「那也無所謂。」藍蝗大大地點頭。「應該說，那樣比較好。」
不久之後，白蜘蛛便耗費數年與各國的諜報機關接觸，尋找人才。
而一如預期的，此舉果真為「蛇」帶來龐大的助力。

來自穆札亞合眾國諜報機關「JJJ」——「窮奇」，改名「黑螳螂」。
白蜘蛛首先注意到這名曾經造訪加爾迦多帝國的間諜。
帝國的防諜機關「幽谷」也一直都知道這個男人的存在。比起任務，他更熱中於改造自己的義手，甚至會盜領祖國提供的資金去購買零件。他偶爾會突然起意，寄送假的報告書給祖國，提出「送資金過來。現在狀況正好」的要求。
白蜘蛛非常欣賞他對自己義手的異常執著。
「你——其實想成為英雄對吧？」
白蜘蛛來到他的藏身處，這麼問道。
「可是你卻因為沒有重要任務上門，只能每天欺騙同伴度日。真是有夠遜耶。」
「你這傢伙是誰？」他的眼神中蘊藏著殺氣。
白蜘蛛聳了聳肩。

「我是比你還丟臉的人啦。」

不過交談幾句，白蜘蛛便解除了對方的戒心。他試著提起「曉闇計畫」，結果男人很快便決定要向「蛇」倒戈。

始終不把兜帽脫掉的高大男人，輕鬆地揮動三條右臂。

「……啊啊，看出我內在潛能的人果然出現了。這或許也是一種命運吧。」

來自別馬爾王國諜報機關「卡司」──「飼育員」，改名「銀蟬」。

接著，白蜘蛛找到一名和他同年代的女間諜。

那人原本就對自己國家的諜報機關抱持不信任感，對於只是在討有錢政治家們歡心的工作內容感到絕望。她對政府沒有信任到願意為其賣命，然而儘管她一直隱瞞這個想法沒讓任何同伴知道，卻還是被白蜘蛛感覺出來了。

「我懂妳的心情。其實我每天早上必做的事情，就是把口香糖黏在該死的政治家的車上。」

他在某位政治家的別墅前勸誘她。

她沒有半點猶豫，立刻就做出決定，表示願意向「蛇」倒戈。

「閣下是我的恩人，我沒有如此了解我心意的朋友。請務必讓我宣誓效忠。」

用髮帶裝飾頭髮的女性，在暗殺自己所護衛的政治家後宣示。

「我銀蟬！誓言要讓祖國失了顏面，將世上所有蛆蟲統統驅除！」

來自萊拉特王國諜報機關「創世軍」──「迪默司」，改名「紫蟻」。

白蜘蛛能夠和他認識純屬僥倖。白蜘蛛在穆札亞合眾國遭他攻擊，結果受到他的賞識。不過，他的「我欣賞你」這句話其實是「我想聽聽你的遺言」的意思。只是不立刻動手，改成先折磨一番再殺死對方罷了。

他是一名愉悅地將電擊棒朝向遭綑綁的白蜘蛛，長相溫柔的纖細男人。

白蜘蛛從他身上感應到的，是一股令人寒毛直豎的暴力衝動。而他那份過於強悍的力量，彷彿正受到另一股其他力量的壓制。

白蜘蛛花了很長的時間勸誘他。

「我沒興趣耶。雖然我當然也對在西央諸國飽受戰火折磨時，逍遙自在地享受人生的合眾國那些人感到不爽。」

「看樣子，你似乎已經製造出好幾名奴隸了。」

白蜘蛛挑釁地泛起笑意。

「不過，你其實很想更放肆地大鬧一番吧？是『妮姬』的命令讓你如此克制嗎？」

他提起的名字是世界知名的間諜。

——萊拉特王國最強的防諜專家「妮姬」。

她是業界無人不知無人不曉的傳奇情報員。白蜘蛛很快就察覺到她正在監視著紫蟻。除非是「妮姬」，否則沒有人能夠壓制眼前的怪物。

「發揮你的本能吧。我可以理解你內心想要破壞一切的衝動。」

他面無懼色，繼續遊說眼前這個恐怖的存在。

不久，紫蟻答應了。

「……說得也是。以王者身分君臨米塔里歐似乎也不是件壞事。」

於是歷經兩年的歲月，白蜘蛛終於招募到「蛇」的成員。

對在此之前沒有工作的失業青年來說，這是異常豐碩的成果，是近似奇蹟的功績。但是，白蜘蛛並沒有注意到這些招募活動早已引來某個存在。

而「蛇」——即將遇上一個帶來巨大轉捩點的男人。

◇◇◇

「蛇」全體成員初次齊聚一堂的日子來臨。

白蜘蛛暗中聯繫各個成員，做好向藍蝗和老大介紹成員們的安排。緊密聯繫、處理非法入境的程序、以及設法欺瞞各諜報機關，這些工作全都由白蜘蛛一肩扛起、進行準備。因為他認為比起錯開每個人的行程，一口氣將所有人聚集起來比較有效率。

——他犯了如此致命的錯誤。

說起來，諜報機關的成員根本沒必要齊聚一堂。

假如藍蝗事前有聽說此事，應該會確實制止他這麼做。可是多次的勸誘成功讓白蜘蛛自滿起來，再加上疲勞令他判斷力下降，於是最後他採取了如此愚蠢的做法。

他們齊聚在一個離帝國不遠、境內多山的中立國。

集會當天，白蜘蛛不停地奔波。

白天，他前往機場迎接紫蟻。

「嗯，蜘蛛，你做得很好。王就是應該要盛重迎接才對。」

走下飛機的他身邊帶了十名奴隸。

「就讓我給予你懲罰作為獎勵吧——我要殺你三次。」

「什麼跟什麼啊！」

傍晚，黑螳螂打電話來說不參加了。

『占卜師說我的運勢很差。我或許是該引退的時候了。』

「別說那麼多了，快點過來！」

晚上，他來到車站附近的巷子和銀蟬會合，結果得知她的問題行為。

「白蜘蛛大人！昨晚我的活動費用全部在賭場被搶走了——」

「我借妳啦！」

總之，他就是不停被成員耍得團團轉。

（難道我是「蛇」裡面地位最低的……？）

明明是老鳥卻被隨意對待。

儘管心裡覺得很不平衡，他依舊認分地做事。

老大和藍蝗據說藏身在這個國家的離島別墅裡。雖然未被告知詳情，不過老大好像基於某種因素必須時常更換住所不可。

——「白蜘蛛」、「黑螳螂」、「銀蟬」、「紫蟻」。

直到這四人抵達港口，白蜘蛛這才發覺自己失策了。

「哦～哦～？你們幾個傢伙聚在一起挺開心的嘛。」

被埋伏了。

一個身穿深藍色外套、笑容瀟脫不羈的男人，早已坐在他們準備搭乘的船上。他肩上扛著一把和間諜身分不相稱的刀，下巴的鬍鬚散發威嚴感，但是嘴角浮現的愉悅笑意卻又給人一種輕浮的印象。

「是『窮奇』、『飼育員』、『迪默司』啊……你的眼光還不錯嘛。居然有辦法把我家老大早就盯上的間諜聚集起來，你可真有一套。」

持刀的男人緩緩站起身。

「你究竟想做什麼啊，蘑菇頭？」

無法動彈。

彷彿雙腿已失去知覺般呆若木雞。

藍蝗大致教導過白蜘蛛間諜業界的常識。

——在這個世界上，有兩個人擁有壓倒性的戰鬥技術。

足以用人類的終點來形容的極致暴力。如果與之正面相殘絕對沒有勝算，只能被迫逃走或是繼續欺瞞。若是抵抗就只有死路一條。

——槌子女。萊拉特王國，守護首都的霸主「妮姬」。

——刀男。迪恩共和國，「火焰」中排行第二的「炬光」。

後者朝這邊投來打量似的目光。

感覺不到氣勢和殺氣。他明明注意到四人的存在，卻沒有表現出一絲敵意。

「是四對一，白蜘蛛大人。」

銀蟬似乎不知道他是誰，語氣顯得十分雀躍。

「就讓我來殺了這個可疑之人吧！」

她拿出多到快滿出雙手的針筒，朝刀男的方向衝過去。

既然她已採取行動，其他人自然也得支援不可。

白蜘蛛舉起手槍，黑螳螂邊說「『車轍斧』……！」邊揮動義手，朝銀蟬身後追去。紫蟻也對十名手下做出「——【散開】」的指示。

刀男——「炬光」基德緩緩地把手放在刀柄上。

視野爆裂。

除此之外找不到其他形容詞。

彷彿被看不見的炸彈炸飛一樣，逼上前去的銀蟬和黑螳螂的身體彈了出去。黑螳螂碎裂四散的義手和銀蟬的針筒飛散，割傷紫蟻的手下們的身體，鮮血頓時四處噴濺。

白蜘蛛射出的子彈則是消失無蹤——看起來是如此。

好像是被他的刀子砍斷了。

當白蜘蛛終於認知到這一點時，基德已然逼近眼前。連用槍托毆打的抵抗也顯得空虛無力，他就這麼和紫蟻幾乎同時遭刀背毆打。被擊中的左手臂像是沒了骨頭似的彎曲。

距離現實完全改變不過兩秒鐘的時間。

白蜘蛛召集來的間諜們全都失去意識。

先前的氣勢彷彿不存在一般，三人昏倒在地，全員敗陣。

基德喃喃地說「好吧，果然不出所料」一邊揮動刀子，甩掉上面的血。

接著，他朝跪地的白蜘蛛投以冷淡目光。

「那麼，關於你這傢伙——」

「啊……」

原先只能發愣的白蜘蛛理解了現況。

我接下來會被殺死。將會受到拷問，被迫吐出所有情報，然後遭人砍頭喪命。要逃離這個壓倒性的強者是不可能的事。全身開始發抖，眼淚自然而然地湧出。身體感覺既像是被燒灼又彷彿凍結一般，強烈的嘔吐感不斷襲來。

——必須將他拉攏過來才行。

沒有其他生存手段了。可是，眼前沒有足夠時間能夠看穿他的弱點。

身體僅憑著生存本能動了起來。

「…………求你只要饒我一命就好。」

「嗄？」基德皺起眉頭。

「我什麼都願意做——！不管什麼人我都願意殺——！不管多少錢我都會努力賺到！我不想死啊啊啊啊啊啊、哇啊啊啊啊啊啊啊！」

大叫、大喊、大嘆。

他拋棄尊嚴等所有的一切，拚命求饒。

同伴成群、驕傲自滿的男人在壓倒性強者的面前諂媚，卑躬屈膝到要舔對方鞋子的程度，不停地暴露出醜態。

「開什麼玩笑啊啊啊！我怎麼可能打得贏你嘛啊啊啊啊啊啊！藍蝗大叔居然敢騙我！簡直不可原諒啊啊啊啊啊啊啊！」

最後，他連帶領自己的人也咒罵了。他不停忿恨地要「蛇」的老大和藍蝗去死，結果沒多久便噎住，還因此咳了好一會兒。

然後他發現一個事實。

「……失禁了。」

惡臭從他的下半身竄出。

「……是大便……」

基德嫌惡地蹙眉。

白蜘蛛頂著被眼淚和鼻涕弄髒的臉開口：

「請聽我說。」他跪著低下頭。「炬光大人，求求你……」

那是世界上最醜惡的求饒。

基德在長年的間諜生涯中見過數百次求饒，而這無疑是其中最差勁的。深愛軟弱的男人拋下所有自尊，醜態畢露。

但是就結果而言——這麼做是正確的。

假使不做得如此徹底，基德早就毫不猶豫地砍掉白蜘蛛的雙臂，開始盤問。他也具備了身為間諜的冷酷性格，可是他卻停止了動作。

唯獨比誰都深愛軟弱，也被軟弱所愛的男人才辦得到的醜態。

基德微微嘆氣，說了句「……連殺你的念頭都沒了」並把刀收回鞘中。

◇◇◇

雖然基德用輕視的眼神對他說「我還是第一次見到人家用這麼難看的方式求饒」，但是白蜘蛛非常滿足。光是能夠活下來，他就想給自己打滿分了。

只不過，他也不得不將自己所知關於「蛇」的情報全盤托出。

他並沒有那種不惜將自己的性命放上天平，也要保守機密情報的矜持。

對於「曉闇計畫」，基德顯得並不十分驚訝，就只是喃喃嘀咕一句「果然如此啊」而已。看來「火焰」已經掌握住部分計畫了。

「假使你說的是事實，我就得找我家老大商量一下才行了。我就看在你醜陋的請願的份上，暫時饒你一命吧。」

他老神在在地這麼說，並且也讓白蜘蛛以外的成員活命。

他們被綁住雙手雙腳，監禁在廢棄屋裡。紫蟻帶來的人則是獲得釋放。

沒有守衛。基德沒有帶任何同伴來。

察覺這一點時，白蜘蛛不禁乾笑。

——察知白蜘蛛所有行動，認為只須派出一名部下便足夠的「紅爐」費洛妮卡。

——一派輕鬆地達成那件任務的暴力化身「炬光」基德。

為什麼我會以為自己有辦法與他們為敵呢？

紫蟻和黑螳螂恢復意識後依然不發一語。自尊心強烈的他們似乎正在忍受慘敗的恥辱，不過銀蟬倒是很有精神地抱怨「這間廢棄屋好臭喔」。

（……不管怎樣，「蛇」這下是完蛋了。）

在被「火焰」盯上的當下就已經沒有勝算。基德想必馬上就會帶其他同伴來，捕捉「蛇」的老大和藍蝗吧。

（要是老大和藍蝗大叔能夠逃走就好了……）

監禁持續了將近一星期。這段時間，是由基德所僱用的當地人來照顧他們。

基德下一次造訪時，他的表情顯得非常悶悶不樂。

臉色鐵青到好像好幾天沒睡覺一樣。大概也沒吃飯吧，他變得憔悴消瘦許多。才短短一星期不見，他就整個人都變了樣。

白蜘蛛再次為死亡做好心理準備。

基德眼中蘊藏著像是接下來將處死他人的冷峻。

然而，從他口中吐出的話卻教人大感意外。

「**我和老大決裂了。**」

一時無法理解他話中的意思，白蜘蛛錯愕地僵在原地。

「火焰」的老大「紅爐」和排名第二的「炬光」似乎產生對立了。

他們兩人之間究竟發生了什麼事？

基德懊惱地呻吟「到底為什麼啊……可惡……」，緊握的手中還滲出了鮮血。究竟要用多大的力氣去握，自己的指甲才會掐破皮膚呢？

「蘑菇頭，讓我跟你的老大見面。」

他說出令人意想不到的話。

「——我要加入『蛇』。」

◇◇◇

這是一次連白蜘蛛也沒預料到的背叛。

來自迪恩共和國諜報機關「對外情報室」——「炬光」，改名「蒼蠅」基德。

他的加入為「蛇」帶來極大助力。

紫蟻在他的勸說下回到穆札亞合眾國的首都，努力壯大自己的「軍隊」。他從超過兩百人之中選拔出精銳之士，組成強大無比的刺客集團。另外，他還讓紫蟻從之前就相當疼愛的「潭水」羅蘭正式展開活動。

他把「潭水」外借給加爾迦多帝國的諜報機關，雙方締結合作關係。

連之前因為擔心情報外流而不願和自己國家的諜報機關合作的藍蝗，也「既然他這麼說，也只好遵從他的意思了」地表示應允。

至於黑螳螂則是在帝國所提供的資金下，變得比以往強大許多。

他一再進行改造，獲得能力遠超越人類的兩條義手。雖然因為是機械所以有時間上的限制，卻能在瞬間發揮出與基德並駕齊驅的戰鬥能力。

「蛇」在短短半年內便有了急速成長。

銀蟬也在基德的指導下，暗殺技術大為提升。來自世界頂尖間諜的指導似乎很有助益，銀蟬經常興奮地說「那個人真的好厲害喔」。

基德也多少教導了白蜘蛛一些入門技術。

「總而言之你這個人就是缺乏才能，其他沒什麼好說的。」

「難道就沒有其他比較委婉的說法嗎！」

他一邊欺瞞「紅爐」的眼睛，一邊暗中和「蛇」保持聯繫。

儘管如此，他還是傳授好幾項戰鬥技術給白蜘蛛，並且命令他之後自行訓練。

「不過，就算有你這樣的間諜也沒什麼不好啦。」

基德在他位於芬德聯邦的藏身處，笑著這麼對白蜘蛛說。

「『蛇』的成員應該都是受到你的軟弱吸引吧？」

「我才沒有那麼了不起哩。我不過是以小弟身分到處奔波而已……」

「——不，實質上創立『蛇』的人是你。」

他在胡說什麼啊，白蜘蛛心想。

可是，基德似乎是真心這麼認為。「藍蝗也認同『蛇』的中心人物是白蜘蛛喔。」他以認真的口吻說道。

難為情的白蜘蛛頂著發燙的臉頰「嗯」地回應。

雖然他依舊擺脫不了自己是小弟的想法，而且實際上表現出來的態度也是如此。

「不過，你的決心不夠。」

「嗄……？」

「間諜的本質在於扳倒定律。在於對抗充滿痛苦的世界，進行變革的意識。你太缺乏那種決心了。」

基德將刀背抵在白蜘蛛的胸口上。

「給我記住了，我們接下來要殺死的『火焰』——就是這個世界的定律。」

白蜘蛛皺起眉頭。

無法理解基德所說的話。

但是他沒有再多加解釋，只是用嚴肅的語氣對白蜘蛛說「走吧」。

——抹殺「火焰」。

那便是「蛇」的首次任務。

是藍蝗做出判斷，認為除非消滅他們，否則「蛇」必定會遭到擊潰。

具體的執行方法是由基德負責構思。聽說他會對分散世界各國的「火焰」成員分別設下圈套，另外他也說出每位成員的所在地點和弱點。

基德和白蜘蛛被分配到的目標是——不死的老狙擊手「炮烙」蓋兒黛。

一開始，白蜘蛛先派新同伴去挑戰她。

來自芬德聯邦諜報機關「ＣＩＭ」——「魔術師」，改名「翠蝶」。

她是白蜘蛛新招募到的間諜。

她對自己國家的王室抱持強烈的猜疑心，於是白蜘蛛利用這一點接近她，讓她倒戈。只不過，白蜘蛛認為有必要挫挫個性驕傲的她的銳氣，便和基德聯手唆使她。

果不其然，翠蝶徹底輸給了蓋兒黛。

在深夜的舞會大廳裡，雙肩流血的她被蓋兒黛踩在背上，還用槍口抵住後腦杓，口中不住發出痛苦的呻吟。

「喂喂喂，妳根本無計可施嘛。」

白蜘蛛一邊嘲笑一邊朝她走近，結果翠蝶狠狠瞪著他。

「開什麼玩笑……你為什麼會在這裡？」

「我這是在測試妳啦，因為妳太容易得意忘形了。既然妳這麼弱，就給我聽話一點。」

他聳著肩膀嘲諷地說。

儘管翠蝶用一副像要殺人的凶狠目光瞪過來，白蜘蛛卻不予理會，因為現在有比她更值得警戒的對象在。

「炮烙」蓋兒黛握著步槍，用鬥志激昂的眼神望向這邊。

大面積露出雙臂的坦克背心裝扮，以及覆蓋其上、宛如盔甲的結實肌肉，讓她看起來一點都不像年過七十的女性。雖然臉上有著與年齡相應的皺紋，眼中卻流露出好戰的年輕氣息。

她所看的人不是白蜘蛛——而是一旁的基德。

「哼嗯，你也來了啊。」
「是啊，就是這麼回事。抱歉啊，蓋兒老太婆。」
兩人像在閒聊一般平靜地交談。
儘管言詞溫和，空間中卻充斥著令人發麻的緊張感。讓人感覺眨眼的瞬間就會喪命，而不敢將眼睛閉上。
白蜘蛛的工作是監視。
藍蝗命令他提防基德再次向「火焰」倒戈。
這也太荒唐了吧，他在內心自嘲。
就算基德和蓋兒黛再次勾結，我又能對這兩個怪物做什麼呢？
兩人之間的緊張氣氛節節升高——
「也罷……看來已是極限了。」
蓋兒黛率先放軟態度。
她將步槍扔在地上。
「既然對手是你，那我就沒有勝算啦。況且你都靠得這麼近了。」

「這樣啊。我是覺得要打也可以啦。」

「要是十年前你敢這麼說，我肯定會好好誇獎你。畢竟那時獲得壓倒性勝利的人會是我。」

蓋兒黛將倒在舞會大廳中央的椅子扶起，再次坐下。她有如被線吊著一般挺直背脊。好漂亮的姿勢。

基德像是察覺到她話中的含意，移動到她的正面。

「……………」

他握著刀鞘，站著俯視她。彷彿忘了要怎麼活動身體似的，持續注視著蓋兒黛。

「老大曾經偷偷地只對我一人感嘆不被你理解的哀傷。」

蓋兒黛開口，以與她之前的嚴厲形象相差甚遠的柔和語氣。

基德發出呻吟似的嘆息。

「……她很沮喪嗎？」

「那當然。都是你害的啦，害老大到頭來只能自己背負那件事。她什麼都沒跟那幾個孩子說……現在正獨自在合眾國那邊策劃著什麼。」

珍貴的情報。

從她的話聽來，「煤煙」、「灼骨」、「煽惑」、「燎火」並不曉得「曉闇計畫」的存在。

他們似乎是被刻意隱瞞。

——「紅爐」打算獨自背負「曉闇計畫」。

「不過話說回來，我也能夠理解你的心情啦。假使我再年輕個幾歲，說不定也會跟你一樣決定阻止老大。」

「…………」

基德用力握緊刀鞘。

「自從我年紀大了之後，我便開始將自己的技術傳授給許多人。雖然笨蛋雙胞胎和海蒂逃過了我的修行，不過克勞小弟和其他許多人都繼承了。」

「………………」

「我的技術和情報將流傳後世。這樣就夠了……對我來說這樣就夠了……」

蓋兒黛大口吸氣，鏗鏘有力地高聲說道。

「所以，你一個成年人不准哭哭啼啼的！那樣太難看了！」

基德將刀從鞘中拔出。

白蜘蛛只有見到一瞬間。可是，那閃爍的刀光卻深深刻在他的心上。

下一刻，鮮血從蓋兒黛的身體噴出，她帶著淺淺笑意就此殞命。

◇◇◇

「火焰」毀滅的原因是——內部分裂。

此事雖然無疑是「蛇」所引起，不過單憑「蛇」是不可能辦到的。依照白蜘蛛漫無章法的行事作風，「蛇」恐怕早晚會被哪個諜報機關給擊潰吧。

成功的主要因素是基德的強大信念。

「曉闇計畫」是重罪。因為雙方理念不合，才使得世界最優秀的間諜團隊瓦解。

——「紅爐」費洛妮卡選擇獨自背負重罪，使其實現的道路。

——「炬光」基德為了阻止重罪，選擇與她對立的道路。

兩者為了各自的正義而犧牲。其他成員的死不過是受其牽連罷了。

一個時代就此終結。

◇◇◇

基德殺死「炮烙」的那一刻，白蜘蛛感覺任務已經結束了。

捷報陸續傳來。紫蟻在穆札亞合眾國殺死「紅爐」，藍蝗在萊拉特王國殺死「煤煙」和「灼骨」，黑螳螂則在加爾迦多帝國殺死「煽惑」。

遺體全部被移送到迪恩共和國。

那是對世界最頂尖間諜們的敬意，也是基德強烈的希望。他希望至少能讓他們在同一座墳墓中長眠。

——重大任務已經解決了。

白蜘蛛總算放下心來。

內心有種達到職責的踏實感。「蛇」已成長為優秀的諜報機關。

紫蟻變成了一個可怕的間諜。不只是「紅爐」，他也殺死世界各國的知名間諜，令全世界的諜報機關陷入巨大的混亂之中。除他之外，擁有世界頂尖戰鬥技術的蒼蠅，身體局部的破壞力甚至超越蒼蠅的黑螳螂，潛入ＣＩＭ最高機關、自由操控諜報員的翠蝶，尚未展現全副實力的藍蝗和急速成長的銀蟬。

有能力與世界對抗的間諜們聚集在一起。

（……阻止「曉闇計畫」不再只是夢想了。）

他會如此興高采烈也是很正常的事。

——只不過，「火焰」的毀滅也製造出一個大問題。

「紅爐」和「炬光」生前都沒有跟任何人透露發生在自己身上的事情。身為間諜的決心及其所奉行的神祕主義，讓他們做出這樣的選擇。

而這一點——製造出了一個怪物。

唯一生還者在什麼也沒有被告知的情況下，成為讓復仇火焰燒灼全身的怪物。

◇◇◇

白蜘蛛當然早就得知那人的存在。

「火焰」裡最年少的小弟。近來也開始受到各國諜報機關的注意。繼承「火焰」全體成員的技術，被譽為次世代強者的間諜。

在執行襲擊「火焰」的任務之前，基德曾經對白蜘蛛這麼說。

「畢竟他是我的徒弟，自然擁有相當的實力。如果光論才能，他在『火焰』可能排名第一吧。」

不過基德的評論十分嚴格。

「但現在還只是個不成熟的小鬼，內心不夠堅強是他最大的弱點。遇到緊要關頭時，他總會想要依賴『火焰』的同伴。只要讓他的心理產生動搖，他就連一半的實力都發揮不出來。」

在一旁聆聽的銀蟬「原來如此、原來如此」地附和，一邊做筆記。決定好要對那人設下何種圈套後，她立刻就著手進行準備。

突然對某件事感到好奇的白蜘蛛問道。

「可是，這樣好嗎？聽起來，燎火似乎非常信任你。」

「是啊，我把他當成自己的兒子一樣養大。」

「不能把他拉攏過來嗎？要不要我出馬去說服他？」

白蜘蛛不是同情他，而是覺得如果可以利用還是利用他比較好。既然聽說他學會了「火焰」全員的技術，那麼在白蜘蛛眼裡他簡直就是怪物。

「——那是不可能的。」

基德左右搖頭。

「我不是說過嗎？我那個笨蛋徒弟很依賴『火焰』，他是不可能會倒戈的啦。『火焰』的成員只要有一人存活下來，那人總有一天會繼承老大的意志，成為『蛇』的巨大威脅。」

他的語氣聽來有些哀傷。看來他對燎火確實有感情。

聽說當初撿到燎火的人也是基德。基德將他養育成人，和他一起在世界各地出任務，工作結束後兩人還會一同品嘗各國的知名料理。

正當白蜘蛛為自己問了不識趣的問題而反省時，基德「但是——」地喃喃開口。

「萬一——哪天他克服那一點，變得能夠獨自一人作戰——」

他的臉上微微泛起笑意。

「我那個笨蛋徒弟或許真的就會成為——『世界最強間諜』了。」

「期待」中帶著自嘲，「警戒」中帶著微笑。

你對自己那副複雜的表情沒有自覺嗎？白蜘蛛很想這麼問，但最後還是作罷。這種不夠徹底的搖擺態度就是基德的軟弱之處嗎？原來這個男人也有弱點啊，白蜘蛛驚訝地心想。

總之不管怎樣，白蜘蛛最終並沒有認真看待基德的這番話。

然而回頭想想，一切其實從當時就已經開始慢慢變調了。

◇◇◇

——銀蟬反遭殺害。

這個消息令白蜘蛛大感錯愕。他沒料到她竟會失敗。

但是，在那個時候他還不覺得害怕。

接著，基德自告奮勇要去暗殺燎火。當時，「火焰」表面上正在執行奪回生化武器「地獄人偶」的任務，因此基德打算利用這一點等他上門。

有基德出馬就沒問題了，白蜘蛛這麼認為。

——基德也失敗了。

白蜘蛛目睹了當下的情況，內心感到無法置信。

他覺得一定是有哪裡弄錯了。直到看見朝克勞斯發射的子彈被基德擋下，才恍然大悟地心想他果然有對燎火手下留情。

下次一定可以殺死他。畢竟燎火的情報都已經外流了。

白蜘蛛承認燎火遠比自己強上許多，但是他並非打不倒的對手。實際上在迪恩共和國的娛樂城，白蜘蛛就曾經與他當面對峙卻成功逃脫。

如果是紫蟻、黑螳螂或藍蝗一定可以殺死他，白蜘蛛如此堅信不移。

——紫蟻也敗給了他，遭到拘捕。

「蛇」轉眼間就失去三名成員。

蒼蠅和紫蟻是白蜘蛛尤為依賴的成員，說他們是「蛇」的左右手也不為過。但是，他們卻都敗給了同一個男人。

基德的擔憂成真了——「燎火」克勞斯已成為「世界最強間諜」。

◇◇◇

恐懼如海嘯般湧來，吞沒了白蜘蛛。

——必須立刻殺死燎火才行。

唯獨這個事實再清楚不過，可是卻想不出任何辦法。連紫蟻也沒能打倒他，隨便派出同伴結果反遭擊敗的可能性很高。值得信賴的蒼蠅已經不在了。

紫蟻被捕那晚，白蜘蛛在走私船的客艙裡哀號。

耳邊還殘留著他在米塔里歐和燎火通過無線電進行的對話。

——『你也來了啊。要現在再打一戰嗎？』

為了不被對方發現自己正在發抖，他用盡全力逞強。

什麼作戰根本是不可能的事。那玩意兒不是白蜘蛛打得贏的對手。

「……啊啊，基德先生，你說的果然沒錯。」

他夢囈般地喃喃自語。

「我的決心真的不夠。我以前完全不明白，我們所要對抗的是這個世界的定律……」

他捶打地板到手都滲出鮮血。

「啊啊……沒錯，他真的好礙事……我要殺了他。我非殺死他不可。我要放棄憑蠻力硬幹的做法，必須確實地、仔細地、周詳地構思計畫讓他上鉤才行……」

他重複在米塔里歐說過的話。

「那傢伙……就是『弱肉強食』這條規則……」

白蜘蛛耗費數年召集起來的同伴一轉眼就被打倒。

然後，燎火如今仍為了抓到白蜘蛛持續行動。

只要哭著求饒就放過自己的基德是多麼善良啊。「蛇」的老大和藍蝗也不像能夠找出對付他的方法。

——不久後將繼承「紅爐」費洛妮卡的遺志，毀滅「蛇」的人物。

——透過「曉闇計畫」殺害數百萬名弱者，創造只有強者歡笑的世界的男人。

光憑力量贏不了他。蒼蠅和紫蟻已經證明了這一點。

「必須活得更加骯髒才行。只有成為世上最卑鄙、狡猾、下流的人，才有辦法推翻定律。」

於是從那天起，他慢慢扭曲自己的人格。

為了成為和克勞斯相反的——極致的弱者。

◇◇◇

「一切都是不得已啦！」

紫蟻被捕的四個月後，白蜘蛛在休羅市喝醉了。

為了迎接值得紀念的日子，他興沖沖地預訂了飯店的蜜月套房。雖然知道這樣亂花錢會讓自己之後為籌措資金所苦，但是他決定現在先不管那麼多。

他直接把喜歡的啤酒整瓶拿起來喝，從高樓層俯視休羅的街道。

在他眼前的，是讓故鄉遭受砲火攻擊的國家。

「像我這種小嘍囉，不用狡猾手段是不可能贏的！沒辦法呀，就算這麼做很卑鄙，但是誰教我這麼弱呢。然後，結果我就被人瞧不起了。強者則因為做人坦蕩蕩，受到大家的尊敬！這也太奸詐了吧啊啊啊啊啊！」

他把啤酒瓶砸向牆壁，望向房內的少女。

「妳難道不這麼覺得嗎，『鼓翼』裘兒？」

房間一隅，一名少女帶著沉痛的表情淚流不止。

她是迪恩共和國的間諜團隊「鳳」的一員，是一名將翡翠色頭髮紮成馬尾、戴眼鏡的少女。

她原本目光凜然的眼中噙著豆大的淚珠。

兼任ＣＩＭ最高幹部的「翠蝶」傳來報告，說有迪恩共和國的間諜團隊正在針對「炮烙」進行調查。

白蜘蛛相中了那一點。

假使迪恩共和國的間諜下落不明或遭到殺害，屆時接手任務的非常有可能會是「燈火」。於是他和翠蝶聯手，對一名成員設下圈套。

「只要我把『燈火』的情報交給你……」

裘兒一臉不甘心地顫抖著肩膀。

「……你就會放我們『鳳』一條生路對吧？」

「是啊，我對背叛的同伴是很寬容的。」

然後，一件對白蜘蛛而言幸運的事情發生了。

——「鳳」認識「燈火」的成員。

這個巧合讓他幾乎忍不住大聲歡呼。過去他曾好幾次碰上迪恩共和國的間諜，但是卻沒有人知道「燈火」的詳細情報。

「當然，那個情報得是真的才行。雖然是從遠處看，不過我曾經見過『燈火』那些人的模樣。妳如果撒謊一定會被拆穿。」

「…………」

「話雖如此，我還是得暫時監禁『鳳』一段時間就是了。」

只要能夠作為引燎火現身的材料，無論「鳳」是死亡或是下落不明都無所謂。

裘兒用力咬了咬嘴唇後，向白蜘蛛遞出一個信封。

他立刻確認內容。

上面記錄了「燈火」成員的外貌和說話腔調等資料。白蜘蛛曾兩度見過「燈火」。由於是透過瞄準鏡所以並不正確，不過裘兒的情報看來並未作假。

「嗯，很好，及格了。我會讓『鳳』活下來。」

「謝謝你。只不過……」

裘兒欲言又止。

「我還有一個沒能寫在上面，關於『燈火』的機密情報。」

「嗄？」

「只要你願意把耳朵借我一下……」

她一邊降低音量，一邊悄悄地接近白蜘蛛。

然後用手遮住嘴巴，將臉貼近白蜘蛛的耳朵。

「…………去吃大便啦。」

刀子從她的袖子飛出，閃閃發光。

白蜘蛛沒有驚慌。他避開朝喉嚨刺來的利刃，使勁踢了袭兒一腳，接著抓起擺在身旁的手槍。

「其實我早就料到會這樣了。」

「！」

「妳的工夫下得不夠啦，我最討厭那種既非弱者也不是強者的人了。妳如果現在向我求饒，我可以考慮饒妳一命喔。」

袭兒緊抿嘴唇。

「……我們不會輸的…………！」

她擲出刀子，同時轉身跑出蜜月套房。

白蜘蛛沒有勉強追上去。

反正他很清楚袠兒會逃去哪裡。

他拿起室內電話，打給翠蝶。那是ＣＩＭ所有的特殊專線。

「改變作戰計畫。袠兒果然背叛了我們。」

這麼說的他，內心升起一股奇妙的興奮感。

「——把『鳳』所有人都殺了。」

幸好我有提前慶祝，他這麼心想。

這一天，是白蜘蛛直接挑釁燎火的，值得紀念的日子。

不可以從正面交手。

唯獨意識到這一點，白蜘蛛為「燈火」布下了圈套。

——讓「貝里亞斯」殺死「鳳」，再讓「貝里亞斯」和「燈火」產生衝突。

——讓「燈火」出現叛徒，和老大燎火自相殘殺。

他根據裘兒所吐露的情報，觀察來到芬德聯邦的「燈火」，識破莫妮卡的愛慕之情。接著利用暗殺達林皇太子，逼她倒戈。

理想目標是掀起ＣＩＭ和「燈火」的全面戰爭——然而卻遭到莫妮卡阻止。

不過，宿願確實正逐步實現。

如今距離殺死「世界最強間諜」只剩一步之遙。

◇◇◇

當白蜘蛛寫完小說時，太陽已經高高升起。

他沒有回頭去看自己一口氣寫完的稿子，直接就把稿子塞進信封。

「這下肯定會成為暢銷書籍。真沒想到我這麼有文采，新一代的文豪誕生了。」

當然，小說中並沒有提到能夠鎖定白蜘蛛或「蛇」的內容。裡面不僅有相當多虛構的謊言，最後還很草率地用所有角色都被炸死作為結局。

「好了，那就開始吧。」

白蜘蛛來到街上。

這是從ＣＩＭ的內奸手中接收機密情報的程序。他一邊提防遭人跟蹤，一邊取走藏在路邊長椅底下的備忘錄。密會地點已事先決定好，是廢棄的診所。他確認沒有陷阱後進到診所內。

白蜘蛛的協助者已經在診所內等候。那人是CIM的一員。

「馬上看完並銷毀。」男人遞出一張紙。

——CIM在達林皇太子殿下的喪禮上的警備體制。

不用對方提醒，白蜘蛛立刻接過瀏覽。

（……嗯，大致跟我預料的一樣，警備人員是以警察和陸軍為主。那些傢伙可以不去理會。至於CIM則負責在背後行事啊。）

報告書裡也記載了克勞斯目前所在的監禁房間的位置。守衛果然很多，要抵達那裡相當困難。就算去得了那裡也得花時間暗殺，有被發現的風險。

（好了，這下要用什麼方法——）

就在白蜘蛛這麼思索時，他注意到報告書的最後段落。

【現在，CIM裡流傳著某個傳言。那就是——】

對被特別強調的句子產生不祥預感，他接著往最後一句看下去。

【——「鳳」的間諜們還活著。】

「…………這招還挺有意思的嘛。」

這一定是「燈火」所使出的計謀。沒有別人會安排這種怪招了。

雖然不知道這麼做的目的為何，不過對方肯定有所企圖。

無所謂。接下來是權謀術數、謊言交疊、滿口胡言、間諜之間的爾虞我詐。

「喂，我把我方的情報洩漏給你了。」

男性協助者用不耐煩的口氣說。

「這次換你交出情報了。你應該知道吧？誰是暗殺達林殿下的真凶——」

「喔，當然知道了，因為我就是真凶。然後，你已經沒有用處了。」

白蜘蛛用暗藏在身上的手槍，朝男人的腦門開槍。

「哎呀，其實我這個人基本上很保護叛徒的，只不過因為我的本性是人渣，所以偶爾也會沒辦法遵守約定啦。」

他朝剛剛製造出來的遺體雙手合十，然後離開診所。

「這是不得已的犧牲。一切都是為了保護世界遠離重罪——而下一個就輪到你了，燎火。」

白蜘蛛——實質上創立「蛇」的是這個男人。

他為「蛇」的老大和藍蝗所描繪出來的白日夢帶來極大助力，讓「蛇」成長到足以與世界各國的諜報機關對抗的程度。一切都是出自他的功勞。

而那樣的他本能地了解到一件事。

那就是如果不阻止克勞斯，「蛇」就完蛋了。

「蛇」和「火焰」，雙方各自的倖存者即將展開最後的戰鬥。

3章 復活

the room is a specialized institution of mission impossible
code name sougen

在矗立於市區一角的公寓裡，有兩名諜報員顯得面色凝重。

在始於兩個世紀前的工業革命下被興建起來的無數大工廠，為首都休羅帶來了強烈的光明與陰影。這個國家藉著優秀的軍事力量不斷在全世界擴展殖民地，然而在此同時，城市卻也逐漸被煤煙所汙染，都市勞工罹患肺炎，落入貧困的窘境。

他們所調查的，是那些被逼入絕境的人們所聚集的街道。那是一個賣淫和犯罪橫行，從前誕生出「開膛手」的區域。

他們闖入被那些背景不光彩的人當作根據地的集合住宅內。

「……這裡也沒有啊。」

「會不會果然是假消息啊？迪恩共和國的間諜應該只是隨便亂說吧。」

兩名男子互相抱怨。

「已經被我們殺死的『鳳』怎麼可能還活著呢。」

他們是CIM的間諜。隸屬「瓦納金」，是「鑄刀師」米涅所指揮的第四部隊的一員。

昨晚，老大突然交代他們——要他們去找出間諜團隊「鳳」。

然而兩人卻顯得意興闌珊。

「真是的，就算是老大交代的工作，為什麼忙碌的我們非得特地來調查這種事情啊。」

「因為他們很有可能握有『蛇』的情報。」

「嗯，是這樣嗎？」

「『貝里亞斯』雖然襲擊了他們，卻沒能將他們全部殺光。根據情報顯示，後來『鳳』和『蛇』曾經交戰過，所以對於『蛇』他們說不定知道些什麼。」

確定附近一帶沒有人，男子們毫不隱諱地談論。

「況且實際上真的發生令人費解的事情了。昨天有人入侵『瓦納金』的據點。」

「咦？真假？」

「雖然沒有根據可以證明是『鳳』搞的鬼，不過事務所內留下了一封顯示為迪恩共和國間諜的密函，像是要展示自己的存在似的。」

「……不是『燈火』的某個間諜幹的嗎？」

「包括『鳳』的倖存者『浮雲』在內，他們所有人都受到CIM監視。」

「雖然當然也有可能是迪恩共和國的其他間諜。」男人這麼說完，接著發表自己的見解。
「但是『鳳』的成員真的還活著的可能性並非為零。」
兩人瞬間像是感到毛骨悚然地皺起眉頭，離開公寓。

然後，有人在暗中觀察那兩人的一言一行。

新加入「燈火」的間諜——代號「炯眼」。
「炯眼」躲在建築的屋頂上，監視著CIM的男子們。其存在沒有被男子們察覺。在消除氣息的技術這方面，「炯眼」對自己有著非凡的自信。
——看樣子，那些孩子已經展開行動了。
從他們的態度感應到這一點，「炯眼」也開始暗自盤算。
務必要慎重行事。因為「炯眼」必須償還「燈火」對自己的深重恩情。

◇◇◇

莎拉等人被安排住在CIM本部的一個房間裡。

每天會有人送三餐過來，也準備了床給她們睡覺，而且只要開口拜託，也會允許她們沖澡。儘管無時無刻都受到監視，生活方面倒是被照顧得無微不至。

不過當然也有限制。

少女們不被允許和克勞斯見面。這一點似乎格外受到警戒。她們雖然已經察覺克勞斯就被監禁在本部附近的建築內，ＣＩＭ卻不准她們靠近那裡一步。

另外就是不論她們要去哪裡，米涅始終都緊跟不放。

「啊哈哈，可以請妳們不要再散布擾亂他人的謠言嗎？說什麼『鳳』的人還活著！聽了就讓人覺得討厭！」

她在少女們被安排居住的房間裡高聲笑道。

「那不是謠言，是事實。」

正在保養手槍的席薇亞狠瞪著她。

「『鳳』的成員們還活著，沒有被『貝里亞斯』和『蛇』殺死。妳們快點把他們找出來啦，我們想跟他們聯絡。」

那是她們正在積極散布的謠言。

——遺體全是偽裝出來的。他們假裝自己已死，躲了起來。

——由於「燈火」只有見到遺體的照片，所以沒能識破偽裝。

——但是，前幾天終於找到只有「燈火」才看得懂的他們的暗號。

除了米涅外，她們也對遇到的所有ＣＩＭ諜報員告知此事。

她們告訴來房間拜訪的亞梅莉後，只見她瞬間露出訝異的表情喃喃地說「……如果這是真的就太好了」，之後就幫忙下令要同胞去進行搜索。

米涅一臉不悅地讓眉間擠出皺紋。

「對了，搜查行動只會進行到今天為止。」

「什麼？」

「是老娘強行決定結束搜查的。老娘沒辦法再為了妳們的玩笑話分派人手去搜查了啦。他們已經死了，這就是結論。這件事到此為止。」

米涅啊哈哈地放聲大笑，然後微微瞇起眼睛。

「還是說，妳們幾個別有企圖？」

「哼，隨便妳怎麼想。」

席薇亞輕輕咂舌，反瞪回去。

大概是察覺到氣氛緊張吧，百合從房間深處跑了過來。

「別吵了、別吵了，妳們兩個好好相處啦。」

她把茶杯放在托盤上端過來。

「不管怎樣，要不要先喝杯茶？我請人買了很多高級的茶葉。」

托盤上一共擺了四個杯子。

百合一邊說「喝茶可以解悶喔」，一邊也將杯子放到米涅面前。

「應該說，因為這茶實在太美味，害我不小心泡太多，所以請妳務必品嘗。反正要是喝完了，到時再請ＣＩＭ的人們去買就好。」

「妳才是態度最挑釁的那個啦！」

百合背後擺了兩個大茶壺。

米涅煩躁地捏著眉頭，一邊「……簡直前所未見。怎麼會有人明明受到監視，卻死皮賴臉地要別人去買茶點和化妝品啊」這麼抱怨。

「咦？可是米涅小姐好像不希望我們外出……」

「就算如此，也不准叫別人跑腿！」

看著兩人鬥嘴，莎拉在一旁「哈哈……」地苦笑。

四人圍著房間中央的桌子而坐。

現在是開作戰會議的時間。少女們其實很想把米涅趕出去，不過還是放棄了。

「先來整理狀況吧。」

百合開頭說道。

「這次我們的任務無疑就是——抓到白蜘蛛那傢伙。」

席薇亞和莎拉同時點頭。

事到如今已毋須多言。必須抓到他，逼問出莫妮卡的下落才行。

「我們將希望寄託在白蜘蛛會來暗殺克勞斯老師這一點上，因為這個可能性應該不低。然後，屆時白蜘蛛可能會採取的手法是——」

「——在ＣＩＭ裡安排內奸。」

莎拉接著說完後倒吸一口氣。

這是葛蕾特做出的推測——新的叛徒。

米涅在桌邊喝著紅茶，一邊「啊哈哈，不可能的事！我們ＣＩＭ可是非常團結的」地笑道，但是少女們不予理會。就隨她去說吧。

席薇亞將手放在桌上。

「實際上要在沒有內奸的情況下，殺死遭到監禁的老大應該很困難。雖說看守的人會減少，白蜘蛛也不可能正面突破ＣＩＭ的警備。」

「是啊，所以我們有必要抓到內奸。」

「……葛蕾特她怎麼說？」

「即使是葛蕾特，她也沒辦法在病房鎖定可能的目標啦。不過，她給了我們線索。有能力介入ＣＩＭ警備網的人物——」

就算將基層人員拉攏成自己人，頂多也只能造成混亂。

應該提防的，是握有眾多指揮權的人。

「也就是——ＣＩＭ的幹部們。」

情報整理到這裡，少女們不禁深深嘆了一口氣。百合表情僵硬地用手指去繞頭髮，席薇亞捂著臉，莎拉則抱著坐在自己腿上的小狗。

她們會緊張是有原因的。

——明天就是達林皇太子殿下的喪禮。

那一天轉眼就來臨了。

對克勞斯設下的警備將從今晚開始變得不再那麼森嚴，因為他國的重要人士將陸續入境。ＣＩＭ的間諜必須在周遭潛伏，警戒恐怖行動和暗殺事件的發生。

——白蜘蛛如果要攻擊克勞斯，勢必會在今晚到後天早上這段時間下手。

若是錯過這個機會，克勞斯就會結束腿傷的治療，白蜘蛛則會錯失千載難逢的大好機會。而那也代表著「燈火」將失去找到莫妮卡的方法。

對雙方而言都是巨大的分歧點。

「走了，下定決心吧。」

席薇亞拍打自己的大腿，站起身。

「我們要在幹部們的最終會議上找出叛徒，將其逮捕！」

站在CIM的立場，他們也必須抓到暗殺達林皇太子的「蛇」的一員。少女們也被找去參加為此而舉行的會議。

百合和莎拉也吆喝著「好！」、「上吧」，從座位上站起來。

「啊哈哈！」

刺耳的笑聲響起。

米涅捧腹大笑，還一邊很沒規矩地晃動雙腿。

「嗄？笑什麼啦？我們要提防誰是我們的自由吧？」

「沒什麼，只是老娘本來打算隱瞞到最後，但實在是忍不住了——」

她的語氣瞬間變得冰冷。

「——妳們幾個真的是愚蠢的樂觀主義者耶。」

席薇亞等人一頭霧水。

但是米涅沒有繼續解釋，只回了句「會議室往這邊走」便替她們帶路。

◇◇◇

會議室裡有一張大圓桌，六名男女圍桌而坐。

圓桌之所以離牆壁有段距離，大概是為了防止竊聽吧。聽說迪恩共和國對外情報室的室長室也是如此，只不過牆上掛著女王陛下的巨大肖像畫這一點大不相同。

六名幹部用不客氣的眼神，望向被米涅帶到這裡的席薇亞等人。

少女們事前已得知他們的情報。是克勞斯向亞梅莉打聽出來的。

——最高機關的直屬特務機關首領「操偶師」亞梅莉。

——最大防諜部隊首領「盔甲師」梅瑞狄斯。

——特別暗殺部隊首領「影法師」路克。

——兼任陸軍中將的「偵察師」西爾維特。

——道具製作機關首領「小丑」海涅。

——主司誘導與煽動市民的機關首領「旋律師」卡奇。

本來絕對不會在席薇亞等人面前現身的一流間諜們。他們似乎就是負責此次任務的部隊長。

他們之間的會議好像已經結束了。

似乎擔任司儀的亞梅莉靜靜地望向少女們。

「那幾位來自迪恩共和國的客人有與『蛇』對峙的經驗。我猜各位也許會有事情想跟她們確認，於是就把她們找來了。」

幹部們瞇起雙眼。

會議室內充滿一觸即發的緊張感，讓人緊張到幾乎忘了呼吸。

不能被壓倒。

——這之中說不定有叛徒。

必須趁此機會確認那一點，更重要的是，他們也是一同逮捕白蜘蛛的同伴，現在不是害怕的時候。

亞梅莉介紹完後，百合代表上前一步。

「啊，是的，我是對外情報室的『花園』。若是為了逮到『白蜘蛛』，我們很樂意協——」

她才說到一半便停頓下來。

會議室內的六人表情十分僵硬。

與其說警戒，那副冷淡的眼神更像是打從一開始便不感興趣。

「嗯？」

正當百合感到不解，會議室內的其中一人開口。

「已經夠了吧，亞梅莉。」

膚色黝黑，好似一頭獅子的金髮男子。

少女們早就見過他──「盔甲師」梅瑞狄斯。他就是拘捕少女們的人，也是米涅的上司。

「如果是燎火也就算了，我們沒有問題想問這幾個傢伙。不要逼我們陪演這齣鬧劇。」

「鬧劇？」

「米涅，動手。」

不理會百合的疑問，米涅笑著說「啊哈哈，知道了！」一邊站在少女們面前。

她伸出雙手，微微傾首。

「──請妳們放棄所有武器。」

少女們很想相信自己聽錯了。

但是充斥會議室的緊張氣氛並未緩解，米涅再次對她們強調。

「快把武器交出來。在喪禮結束之前，妳們不被允許擁有任何武裝。」

「啥？等、等一下！」

席薇亞吃驚地大喊。

她穿過米涅身旁，對著圍繞圓桌的幹部們抗議。

「這是為什麼啊？我們也是為了逮捕白蜘蛛——」

「兩天前，我的部下在市內的診所被殺死了。」

「旋律師」——身穿白袍，戴著單片眼鏡的男性開口。

「我們透過某個管道，得知有人目擊他在遇害前不久曾經遇到迪恩共和國的間諜。提防妳們是理所當然。」

「別開玩笑了，我們明明隨時都受到監視——」

「妳們正在散布『鳳』還活著的謠言對吧？這個謠言雖然真偽不明卻十分可疑。」

會議室內的幹部們皆同意他的話。

「影法師」——嘴上戴著野獸面罩、外型奇特的男子默默地點頭。

「小丑」——身穿深紫色禮服、體型略微豐腴的女性投來輕蔑的目光。

席薇亞正準備逼上前去，米涅忽然就揪住她的後腦杓，將她砸向圓桌。

「啊哈哈，請不要抵抗——！」

百合和沙拉立刻想要衝上前，卻被梅瑞狄斯以眼神制止。

「妳們這是自作自受。誰教妳們要散布可疑的假消息。」

米涅抓著席薇亞的後腦杓低聲說道。

「竟敢用無聊的玩笑話戲弄我們。『鳳』已經死了啦！不可能再出現在妳們面前了！」

「……！」席薇亞緊咬嘴唇。

「再說，老娘我們本來就不打算依靠妳們的力量。」

米涅拉扯席薇亞的頭髮，硬是讓她抬頭。

「──要是覺得不滿，現在就跟老娘我們打一場啊。」

「……………！」

幹部們的視線散發出不容分說的氣勢。

現在當場和芬德聯邦的幹部們交戰根本是不可能的事。

米涅像要給少女們最後一擊似的，開心地哈哈大笑。

「好了，給我咬著手指乖乖待在房裡吧，妳們這幾個弱小國家的小侍女。」

◇◇◇

像是把垃圾扔進垃圾堆一般，少女們再次被趕回房間去。

米涅冷笑著拋下一句「老娘很忙，告辭了」便轉身離開。不知為何，她的臉上微微冒汗。

武器全被奪走了。

刀子、手槍、鐵絲，以及藏在袖子和衣領裡的針全都被沒收。由於連百合藏在豐滿胸部裡的毒氣道具也被搶走，可見他們搜得有多徹底。

沒收武器的行為是在會議室，也就是在幹部們的監視下進行。

像是要讓少女們明白雙方地位差距的羞辱。

比起被迫解除武裝這件事，那種羞辱方式更教人難堪。

「結果被先下手為強了。」

「就是啊……」

莎拉一臉鬱悶地坐在椅子上，撫摸小狗。可能嫌照顧麻煩吧，他們並沒有連小狗也搶走。

（我看十之八九是白蜘蛛搞的鬼。什麼殺人的，我們對這件事根本毫不知情。）

席薇亞大聲咂舌。

（沒想到竟然還剝奪我們的作戰能力……）

和ＣＩＭ是合作關係，不是同伴——少女們又再次被迫認清這個大前提。

他們從一開始就不打算依靠席薇亞等人，因此少女們能夠自由行動反而令他們感到困擾。他們大概認為少女們只要乖乖待在房間裡就好吧。

現在不是找出叛徒的時候。

太陽已經開始下山，從窗外照進來的光線逐漸減弱。白蜘蛛很可能沒多久就會採取殺害克勞斯的手段。不，他現在搞不好已經展開行動了。

「好了，這下怎麼辦？」

百合的口氣前所未有的冷靜。

她不停轉動紅茶壺，看起來一點都不沮喪的樣子。

「就這樣交給CIM的人們去處理，或許也是個可行的辦法喔？」

「嗄？」

「因為CIM也是優秀的間諜啊。他們說不定能夠確實抓到白蜘蛛，而我們只要睡覺就好，多輕鬆啊。」

她煽動似的笑道。

「更重要的是——克勞斯老師想必也不會毫無對策。我們比起多管閒事，安分地待著或許才是聰明的選擇。」

「…………」

她的意見頗有幾分道理。

畢竟CIM的人也不想放過白蜘蛛。他們視莫妮卡為刺客，並且認為白蜘蛛是她的同夥。即使人手不足，他們應該也不會疏於警戒。

可是，席薇亞的拳頭卻不住顫抖。

「……安妮特正在改變。」

「嗯？」

「妳們不也在醫院看到了？就連那個問題兒童也向前看了。」

浮現在腦海裡的，是灰桃髮少女臉上的快活笑容。

那是前天——也就是她們將逃走的安妮特帶回的隔天所發生的事。

病房裡的她情緒已恢復冷靜。傷勢只有稍微惡化並無大礙，心情則是好到可以大口品嘗少女們帶去的甜點。

窺見過她邪惡一面的百合和席薇亞起初有些緊張。

但是，見到莎拉一如往常『安妮特前輩，啊～』地餵她吃牛奶布丁，安妮特則『本小姐最喜歡莎拉大姊了！』地撒嬌的景象，她們便自然而然放下戒心。

到頭來，安妮特還是安妮特。她還是那個舉止怪異的可愛問題兒童。

只不過也是有巨大的變化。那就是安妮特放棄隱藏自己的殺意了。

『順帶一提，本小姐現在依然打算宰了莫妮卡大姊！』

『『結果根本就沒變！』』

聽了她在病房內做出的告白，百合和席薇亞大聲吐槽。

安妮特咯咯發笑。

『本小姐忘不了她傷害本小姐的愛爾娜（玩具），還叫本小姐「小不點」的仇。』

『嗯，玩具……？』

『不過，因為憑現在的本小姐打不贏莫妮卡大姊——』

她微微吐舌。

『——所以本小姐打算找出新方法去殺死她！』

彷彿不再被邪魔附體的開朗笑容。

儘管那副笑容比起淘氣鬼，更帶著些許惡女般獵奇的味道，席薇亞等人仍決定欣然接納。

想要替安妮特初次展現的上進心加油打氣。

回想起安妮特的變化，席薇亞再次吸了口氣。

「見到她的笑容，讓我重新體認到自己也非改變不可了。」

「……哦？怎麼說？」百合彎曲嘴角。

「我沒能幫助莫妮卡。」

席薇亞一個字、一個字用力地說。

「莫妮卡拒絕老大的幫助，獨自挑戰ＣＩＭ，然而我卻沒能為背負一切的她做些什麼。」

回頭想想，當時自己的言行實在愚蠢。

——『你這次到底在做什麼啊……！』

竟然很不像話地對克勞斯亂發脾氣。

當她得知無法阻止莫妮卡離開「燈火」時，她實在壓抑不了內心的煩躁。

——『我心裡的某個部分就是忍不住會想……覺得老大一定會想出辦法來解決……』

無視自己的不成熟，做出如此幼稚的發言。

說起來，最該成長的人其實是自己才對。

「我要自己來！我才不要靠別人哩。」

席薇亞用力拍桌，站起身來。

「我絕不會讓別人從我身邊搶走任何東西！無論是老大還是莫妮卡！」

「……妳的氣勢是很強，可是妳的行動根據是什麼？妳打算不惜與ＣＩＭ為敵嗎？」

「根據就是眼前的現狀——白蜘蛛指示內奸，奪走我們的武器。他在提防『燈火』的部下啦，因為莫妮卡之前摧毀過他的計畫！」

這並非自我意識過剩的推測。

武器會在這個時間點被奪走實在太不自然了。

「叛徒已經開始行動了——必須馬上去救老大才行！」

假使此時此刻內奸已經去殺克勞斯，一切就完了。

「就是啊！雖然這麼說對ＣＩＭ的人們很不好意思，不過他們果然不值得信任！」

莎拉也站起來。

「大家一起想辦法吧。小妹已經決定要成為守護大家的間諜了！」

「因為現在腦袋最靈光的是天才百合我，所以我要向妳們提出警告。」

百合用依舊冷淡的眼神轉動著茶壺。

「在最壞的情況下，我們搞不好又會與ＣＩＭ為敵喔？到時因為莫妮卡而暫時建立起來的合作關係又會整個泡湯。」

「『儘管如此還是要做。』」

「……妳們還真頑固耶。」

百合也站起身。她一副「真拿妳們沒辦法」地聳聳肩，然後用像是早料到會有這種情況的態度揚起嘴角。

「我已經準備好了啦。我泡了很多茶。」

她拿起擺在桌上的另一個茶壺。她兩手各拿著一個裝滿茶的茶壺晃了晃。

「喔，謝啦。」席薇亞開朗地說。

「那我們大口喝完就——」

「勸妳最好不要喝喔，因為裡面有毒。」

「嗄？」

「我就猜也許會發生這種狀況，於是在被搶走之前，就先把毒藥和解毒劑都放進去了。」

百合將食指伸進茶壺後隨即抽出來。

可疑的水滴在她的指尖閃閃發光。意思是她把毒藥混進紅茶裡了嗎？至於用來中和毒藥的解毒劑則是在另一個茶壺裡。

她一副津津有味地舔掉手指上的毒液。

「好了，我們去讓ＣＩＭ（傻瓜們）掉入圈套吧。」

◇◇◇

少女們即刻著手準備。

她們將有毒的紅茶和有解毒劑的紅茶，分裝進好幾個化妝品的瓶子裡。然後打破陶瓷材質的茶壺，弄尖碎片做成刀子。雖然只有拇指左右的大小，也足以割破人的頸動脈了。

當一切準備就緒，時間已來到晚上十點。

已經進入到葛蕾特所預測，白蜘蛛很可能會現身的時間段。

她們從房間窗戶逃出ＣＩＭ的本部建築後，用手勾著窗框，就這麼朝屋頂而去。之後她們沿著屋頂奔跑，跳到ＣＩＭ本部的柵欄外。

「老大人在哪裡？」席薇亞問道。

「在那邊的大樓。只要接近具體地點，就能憑藉氣味找到他。」

莎拉所指的，是一棟距離ＣＩＭ本部約莫一百公尺的建築。那棟建築為ＣＩＭ所有，百合等人連接近都不被允許。

小狗強尼小聲吠叫，朝建築的方向跑去。只要抵達那裡，牠應該就能幫忙追蹤克勞斯的氣味。

但是，阻礙理所當然會出現。

有人和少女們一樣跑過ＣＩＭ本部的屋頂，迅速追了上來。那人的速度比全速奔跑的百合和莎拉還快，一轉眼就超越了她們。

「給我站住！」

是米涅。她手裡已握著聲波武器。
「啊哈哈，這是怎麼回事？妳們竟敢在無人監視的情況下——」
「要去哪裡是我們的自由。」
席薇亞停下腳步，不耐煩地揮手。
「……！」米涅看似焦急地咬住嘴唇。
見到她那副表情，席薇亞一副耀武揚威地揚起嘴角。
「再說，要是你們真有那個打算，大可一開始就把我們關起來。可是你們卻莫名地親切，願意讓我們在受人監視的情況下外出。」
她微微吐舌。
「——這八成是我們老大提出的條件吧？」
是百合識破了這一點。
意外寬鬆的束縛。CIM恐怕無法徹底監禁少女們。
「少來礙事。如果妳無法放著我們不管，那就來監視我們吧。」
米涅的額頭冒出豆大汗珠。
席薇亞走過她身旁，一面和百合互相交換眼神。在去見克勞斯之前，有一件事情非得處理不可。

「妳們幾個真的是……」

米涅傻眼地垂下肩膀。

「可以請妳們等一下嗎？就算突然要老娘跟妳們走，也得先回報——」

不理睬她的話。

席薇亞等人逕自在街上奔跑。她們所選擇的不是離前往克勞斯所在建築最短的路徑，而是朝沒有人的方向而去。

沒一會兒，她們進到一棟廢棄大樓內。

那是一棟已經沒有半個人，預計將被拆除的四層樓建築。

米涅滿腹狐疑地問「為什麼來這裡……？」，一邊跟在後面。

一樓是寬敞的大廳。從地板上殘留的痕跡來看，這裡以前似乎是餐廳。

抵達樓層中央後，少女們停下腳步。

「對了，關於『鳳』的事情。」

百合開口。

「什麼？」米涅納悶地反問。

「我們會讓你們去找『鳳』，其實是基於好幾個理由。其中當然也包括或許能讓傻瓜現身之類的額外收穫。」

她帶著微笑轉過身來。

「米涅小姐，妳為什麼會斬釘截鐵地說『鳳』的成員已經死了呢？」

「怎麼突然問這種問題？那當然是因為老娘的同胞——」

「就憑ＣＩＭ手中握有的情報，根本不可能做出那種判斷。」

百合以銳利的眼神，正面直視著米涅。

席薇亞和莎拉兩人則緩緩移動到包圍米涅的位置。

百合繼續說明。

「『飛禽』、『鼓翼』、『翔破』、『羽琴』這四人遭殺害時，就連亞梅莉小姐人都不在現場，只能從狀況來做此判斷。」

沒錯，能夠說確實是被他們殺死的，就只有為了保護同伴而死的「凱風」庫諾。之後的事情連他們自己也不清楚。

米涅的語速漸漸加快。

「可是從遺體應該可以確定是他們——」

「不，沒辦法。說起來，『貝里亞斯』根本連攻擊『鳳』的根據是什麼都不知道。他們只是聽從『翠蝶』——也就是ＣＩＭ的叛徒之言行動罷了。」

亞梅莉想必並未正確掌握「鳳」的詳細情報，單純只是聽命行事而已。結果，她誤判了他們的實力，造成團隊中有多人受傷。

實際上少女們在告訴亞梅莉「『鳳』還活著」時，她並沒有否定這一點。就連那個名叫「旋律師」的男人也只有說真偽不明，並未明確斷言他們的生死。

「所以，『鳳』的人們還活著這件事並非絕無可能喔。」

百合大聲說道。

「會堅信『鳳』的間諜們已確實遭到殺害的就只有『蛇』。」

米涅失言了。

她在停止搜索「鳳」時，應該只要拿「無法分派人手」當作理由，而不應該說「『鳳』已經死了」。

因為CIM裡沒有人能夠斷言他們已死。

「當然——」

百合接著說。

「——這樣的推理很牽強。也有可能只是妳誤會了，又或者是妳太過相信『貝里亞斯』的報告。」

百合朝目瞪口呆、僵在原地的米涅伸出玻璃材質的刀子。莎拉和席薇亞也同樣舉起陶瓷材質的刀子。

「所以請妳回答我——妳是否打算加害克勞斯老師？」

汗水劃過米涅的臉頰，滴落在地板上。

建築外面傳來車子駛過的聲音，之後又隨即停止。沒有住宅的這一帶，一到晚上就會變得沒有半個人，即使呼救也得不到回應。

靜靜地長吸一口氣後，米涅回答。

「啊哈哈，老娘才沒有打算加害燎火哩。說什麼蠢話啊。」

百合和席薇亞、莎拉互看一眼，微微點頭。

「妳騙人。」

「啥？」

「是『鳳』的法爾瑪小姐告訴我們妳在撒謊。」

「！妳到底在胡說八道什麼啊！」

「喔，我忘了告訴妳，其實『鳳』已經復活了喔。」

「就是那一點簡直莫名其妙！少在那邊裝神弄鬼！」

大概是受不了了吧，米涅的情緒變得激動，徒有形式的笑容也從臉上消失。她朝著百合舉起一直握在手中的聲波武器。

「妳要是敢再得寸進尺，就不要怪老娘抵抗了！」

她高聲叫嚷。

「少不自量力了，小侍女們！妳們難道忘了自己對這個『絕音響』束手無策——」

「很遺憾，妳已經無路可走了。妳太小看我們了。」

百合不客氣地說。

「在喝下我的紅茶的當下，妳就已經沒了勝算。」

聲波武器從米涅的手中掉落。

她的手指微微顫抖，看來已經使不上力。

「妳做了什麼……？」

「那是緩效性的毒藥。妳應該已經開始覺得難受了吧？」

百合從容不迫地走近後朝她的肩膀輕輕一推，米涅整個人立刻就跪在地上，茫然的臉上還冒出大量汗水。

仔細想想，其實大概從幹部會議結束時開始，她的樣子就變得有些奇怪。

席薇亞朝百合得意洋洋的側臉一瞥。

（……她果然是個可怕的女人。）

百合在米涅斷言「『鳳』已經死了」時，就已經在紅茶裡面下了毒。然而米涅的嫌疑在那個階段尚不明確，若是搞錯了，到時她打算怎麼做呢？

「好了，快點老實招來。」

百合從懷中取出裝有解毒劑的瓶子，在米涅面前晃了晃。

「妳為什麼企圖加害克勞斯老師？是有人指使妳嗎？要是拖太久，妳的性命恐怕不保喔。」

這是謊言。百合下的毒頂多只會讓身體麻痺幾個小時。

但是米涅並不知道這一點。不斷令全身失去自由的毒藥，應該會漸漸將她推落恐懼的深淵。

「我可先聲明——」席薇亞從旁對她落井下石。「妳的無線電機已經被我偷走了。妳別想要向外求援。」

她像要展示似的一度將無線電機拋向空中，然後接住。

「唔唔唔唔唔唔唔唔唔唔唔唔！」

不久，臉紅到像是要燒起來的米涅扯開嗓子大喊。

「請救救老娘啊啊啊啊啊！老大啊啊啊啊啊啊啊！」

呼救聲不可能有人聽見。少女們正是為了避免被人聽見，才將她趕到廢棄大樓裡。

為以防萬一，還是讓她閉嘴好了。如此心想的少女們朝她逼近。

但是突然間，低沉的轟隆聲卻宛如洪水洶湧而至。

當發覺那是人的腳步聲的同時，一個巨大影子從建築的暗處竄出，朝少女們急速奔來，可是手邊沒有槍的她們根本無法迎擊。

巨大影子使出的是肩膀衝撞。

席薇亞雖然上前勉強擋下了攻勢，卻抵銷不了撞擊力，結果和背後的百合、莎拉一起被撞飛。兩個化妝品瓶從百合手中掉落在地。

「這就是解毒劑嗎？居然搞這種小動作。」

巨大影子似乎是一個男人。

席薇亞等人也聽過他的聲音。

「我就知道會這樣，所以才說一開始就該把妳們的腿打斷才對。」

隸屬ＣＩＭ的最大防諜部隊的首領。

憑著驚人的身體能力和無窮無盡的體力，掌管九十六名部下的ＣＩＭ幹部之一。

「我要吊死王的敵人。」

「盔甲師」梅瑞狄斯——最大防諜部隊「瓦納金」的老大。

他打開從百合手中搶來的解毒劑瓶，將液體灌進米涅口中。接著嘀咕一句「剩下的解毒劑我也收下了」，就把另一個瓶子收進懷裡。

腰際的軍刀刀鞘在黑暗中閃閃發光。

在他背後還有十五名部下，他們全都對席薇亞等人投以凌厲的目光。

「不會吧……！」百合呻吟。「那種音量怎麼可能聽得見……！」

「無法趕來援救自己的部下算什麼老大。」

梅瑞狄斯拍拍米涅的肩膀慰勞她，然後盯著少女們。

「……不過妳們還真是不安分啊。為什麼要對我的部下下毒？」

「因為她有可能和『蛇』私通。」

席薇亞直截了當地說。

「當你們拿走我們的武器時，就已經可以視作你們之中有內奸了。我們不能把老大交給現在的你們。」

「……完全就是強詞奪理。」

梅瑞狄斯搖頭嘆氣，一派只把對方當成孩子在鬧脾氣般不屑一顧的態度。

「我不想跟妳們爭論。我們有我們的理由。」

「理由？」

「我沒有義務跟妳們解釋。必須接受盤問的，是對我的部下出手的妳們。」

他將手放在腰際的軍刀上，朝少女們走來。

看來事情不是靠商量就能解決的。梅瑞狄斯打算攻擊少女們。

他就是「蛇」的內奸嗎？莫非他和部下米涅一起企圖搞鬼？

無論如何，衝突都是無法避免。

「百合、莎拉，快走！」

聽見席薇亞大喊，百合立刻抓起莎拉的手臂跑起來。百合拉著驚慌失措的莎拉，硬是將她帶往後門。

梅瑞狄斯也幾乎同時大吼。

「別讓她們逃了！快追！」

「──我已經偷走了。」

席薇亞將從米涅身上偷來的手榴彈，往已經衝出後門的百合和莎拉背後扔去。後門附近的牆壁遭到破壞。

跑向後門的ＣＩＭ間諜們頓時猶豫著該不該繼續追，席薇亞則趁機繞到正門那邊。

出口看來共有兩個，分別是正門玄關和後門。

只要席薇亞控制住正門玄關，百合和莎拉就能抵達克勞斯身邊。

「我要暫時把你們關在這裡。」

席薇亞舉起從米涅身上偷來的刀子。

「我也一樣不能放你們走。你可得把所謂的理由說清楚才行。」

即使形勢不利也不退怯。

敵人包括ＣＩＭ幹部在內共有十六人。尤其梅瑞狄斯是從前米涅曾經篤定地說「比我要強上百倍」的男人。從他身上可以感受到像克勞斯、亞梅莉那樣的強者氣勢，他的實力確實在席薇亞之上。

可是浮現在她腦海中的，是曾與比這多上好幾倍的敵人對峙的少女。

（……莫妮卡究竟有多驍勇善戰啊？）

為了保護同伴，她搏命抗敵。

自稱是「燈火」這支團隊的姊姊的自己又豈能退縮。

（我也要大幹一場——！）

輪到席薇亞搏命奮戰的時刻來臨了。

「……妳少瞧不起人了。」
梅瑞狄斯不悅地瞇起雙眼。

◇◇◇

莎拉和百合才剛衝出來，下一秒後門就因為爆炸而堵塞。
百合頭也不回，飛快地朝克勞斯所在的大樓跑去。
「百合前輩？」
手臂被她拉著的莎拉高聲喊道。
「這樣好嗎？把席薇亞前輩留在那裡——」
被那麼多敵人包圍，即使是席薇亞恐怕也會沒命。
形勢太險惡了。
「當然不好啊……！」
百合神情痛苦地說。
「我們本來只是打算威脅米涅小姐，欺瞞ＣＩＭ而已，所以當這個計畫失敗時就已是無計可施了。那個金髮肌肉男是怎樣，開什麼玩笑啊……！」

「既然如此——」

「儘管如此還是要跑！」

百合再次拉扯莎拉的手臂。

此時她們已經遠離剛才那棟廢棄大樓。直到莎拉放棄回去、專心奔跑，百合才終於鬆手。

「雖然現在是這種情況，我身為領導人還是必須對妳說教。」

她以前所未有的嚴肅語氣對莎拉說。

「莎拉，其實我覺得妳想成為『燈火』守護者的這個目標『太貪心了』。」

「…………！」

「因為妳一點都不可靠啊。而且莫妮卡背叛一事曝光時，妳也完全沒有任何作為。妳的想法太不切實際了啦。」

莎拉完全無法反駁。

考慮到她的實力，百合的評論確實中肯。

夜晚的街道上，只有蹬踏石板路的腳步聲響起。百合沒有放慢奔跑的速度。

「我認同妳的目標本身，但是假使妳真的決心要實現那個願望、對抗『不可能』——」

她的聲音清楚地響起。

「那麼即使知道會輸——妳也絕對不能停止行動……！」

◇◇◇

僅僅四秒就輸了。

席薇亞以俯臥的姿勢趴倒在地板上。

「嗄……？」

口中發出不可置信的疑問聲。

灰塵跑進嘴巴裡，苦味在口腔中擴散。不僅如此，全身更是疼痛不已，彷彿以背部為中心，肩膀和腰部整個都碎掉了。儘管實際上應該是沒有斷掉，然而她確實承受了令她產生那種錯覺的巨大撞擊，就連呼吸也變得不順暢。

（等等，我為什麼會倒在地上……？）

無法掌握狀況。

腦袋一片混亂的她勉強站起身，瞪著眼前的梅瑞狄斯。

（他剛才……對我做了什麼……？）

席薇亞記得自己持刀突擊了他。那是她唯一的武器。她雖然搶走米涅的手槍，卻把槍交給了百合，於是她決定搶在敵人用槍之前採取近身戰。

太輕率了，梅瑞狄斯這麼說。

下個瞬間，席薇亞的身體就被重摔在地。

背部著地的她，因為抵銷不了龐大的力道而往滾向一旁，結果就呈現俯臥的姿勢。因為身體產生疼痛感，她才慢半拍地發覺自己倒在地上，可是卻無法推測梅瑞狄斯對自己做了什麼。

梅瑞狄斯舉著軍刀，站在愕然失語的席薇亞面前。

「妳該不會以為『燒盡』辦得到，自己也有那個能力作戰吧？」

這句話看穿了席薇亞的意圖。

他一臉無趣地說「妳也太自以為是了」。

「世界上歷史最悠久，由偉大君王所統治的這個國家的諜報機關CIM。妳完全不明白CIM幹部這個頭銜是多麼意義深重。」

軍刀揮動，劃破空氣的聲音響起。

「即使是『燒盡』，她也一樣慘敗在我手下——可別小看王的守護者『盔甲師』。」

席薇亞起身再次舉起刀子時，這次換成他主動逼近。

「——！」

防禦他揮動的軍刀的瞬間，席薇亞的身體頓失平衡。

「就算明白是什麼原理，妳也一樣抵擋不了。」

軍刀的刀尖像在畫圓一般移動。

「這是利用刀尖使出的投技。我不會用這把軍刀來砍人或刺人。」

一如他所言，席薇亞的重心失衡，再次摔倒在地。

梅瑞狄斯的戰鬥能力很強。

儘管「瓦納金」飽受休羅市民「暴力」、「粗暴」的揶揄，他們在ＣＩＭ內部的評價依舊相當高。

「瓦納金」能成為組織的支柱——都是因為「盔甲師」梅瑞狄斯的盡心盡力。

他以超乎常人的體力無時無刻奮鬥的模樣，令所有人深受感動。他總是在國家有難時奔赴最前線，對傷害自己部下的人絕不留情。

九十六名部下全都非常尊敬他，競相努力做出成果。

與在後方持續對部下傳送正確指示的「操偶師」形成對比的領袖魅力。

在他那具強大的肉體面前，就連莫妮卡也不得不避免正面交戰、專心逃跑。

也就是說——席薇亞根本不是他的對手。

會讓不知情者不忍卒睹的景象上演著。

肌肉發達的男性不斷對少女施展暴力。

席薇亞以刀子防禦軍刀，可是梅瑞狄斯卻把軍刀當成虛晃的招數，對席薇亞拳打腳踢。即使抵擋了身體也會失去平衡，整個人被彈向後方。她不時倒地，然後又在起身的瞬間遭到狠踹。

甚至稱不上是一味防守。就只是單純的施暴。

（虧我本來以為自己還算能打……！）

此時的席薇亞已是頭破血流，兩條手臂因為內出血而腫脹。左手的小拇指和無名指折斷，朝詭異的方向彎曲。

（沒想到竟會輸得這麼慘……！）

她為自己的判斷錯誤感到後悔，但梅瑞狄斯可不會放過她。

他將軍刀當成障眼法，使出凌厲的一拳準確擊中席薇亞的臉頰，猛力將她打飛。席薇亞的臼齒碎裂，嘴巴裡滿是鮮血。

甚至無法逃跑。

席薇亞的退路已被其他「瓦納金」的成員堵住。

旁觀的米涅對被逼得走投無路的席薇亞戲謔訕笑。解毒劑大概發揮作用了吧，她已經站了起來。

「啊哈哈！老大，要不要乾脆開槍殺了她？」

「不需要。萬一槍聲傳到王的子民耳裡，會對民眾造成不必要的恐慌。」

梅瑞狄斯斥責。

他之所以從剛才開始就不使用手槍，似乎是基於這個理由。席薇亞被瞧不起了。

「F班去追『花園』和『草原』。我來把這傢伙抓起來，當作人質。」

聽了他的指示，約莫九名部下立刻跑向大樓的出入口。

席薇亞站起來追趕他們。

「別想逃——！」

她用力握緊好幾度差點鬆手的刀子。

梅瑞狄斯站在前方阻擋她。

「——白費力氣。」

這一次，席薇亞沒能抵擋他伸出的軍刀。

刀鋒觸碰到席薇亞身體的那一刻，她的腳離開地面，身體像是被強大能量從旁擊中般傾斜。

目的既不是刺人，也不是砍人的劍術。

突擊的衝勁因刀尖而偏移了方向，導致席薇亞的身體在空中一個前滾翻，然後就這麼背部朝下重摔在地。

再次來自背部的強烈撞擊。

她狼狽地在地上打滾，勉強起身。

「啊哈哈，為了妳的人身安全著想，勸妳還是別再抵抗了吧！」

米涅撫掌嘲笑。

「妳的戰鬥等級早就被老娘我們看透了。妳難道還沒發現嗎？」

她以無論何時聽起來都感到刺耳的聲音說道。

「妳比『燒盡』莫妮卡要弱太多了，凡人。像妳這種人怎麼可能贏得了我們！」

「────！」

一直去不願面對的事實被硬生生擺在眼前。

◇◇◇

關於莫妮卡和席薇亞的能力孰優孰劣這個問題。

儘管大家都沒有明說，但這已是眾人心知肚明的事實。

席薇亞的戰鬥技術不如莫妮卡。

她們兩人在「燈火」的職責相似，都是與敵人交戰時的戰鬥要員。

可是她們之間——卻有著難以填補的實力差距。

當然，席薇亞的格鬥能力很強。假使規定禁止使用武器，並且是在平地作戰的話，那麼她應該也能贏過莫妮卡。她既有耐力，對團隊的貢獻度也不低。

但是莫妮卡的才能實在太出類拔萃了。

團隊所有成員都認同的超群判斷力、準確無比的射擊能力，以及利用光線和跳彈愚弄敵人的特技。她的實力在芬德聯邦又再次大躍進，甚至到達能夠擊退克勞斯的地步。

從前，克勞斯曾將席薇亞排除在外，帶莫妮卡去執行任務。

非選拔組——席薇亞獲得的這個評價完全正確。

◇◇◇

席薇亞儘管回想起對自己來說痛苦的事實，仍繼續與梅瑞狄斯作戰。

雖然作為絆腳石的任務已經結束，還是不能停止抵抗。

可是，眼前完全看不見勝算。

注意到時，比起進攻，席薇亞已轉為專心防守，並且一再地後退和跌倒。每當兩刃相交，受傷的人總是席薇亞。

——席薇亞贏不了莫妮卡，莫妮卡則贏不了梅瑞狄斯。

這樣的不等關係好幾度在腦海中閃現。

「那種事情我當然知道！」

要說席薇亞有哪一點贏過莫妮卡，大概就是不認輸吧。

她抓住了梅瑞狄斯握著軍刀的右手。

雙方一再的交手，讓她慢慢習慣對方的動作，變得能夠掌握對手的呼吸、攻擊時機和模式。

席薇亞伸出右臂，擋下他為了擺脫而使出的左鉤拳。

「擋下了……！」米涅愕然驚呼。

梅瑞狄斯口中發出嘆息。

席薇亞抓著對手的手臂不放，用左手的三根手指扣住對方。

「我承認莫妮卡是很厲害——」

她在右手的刀子中施力。

發揮在與克勞斯訓練的日子裡，逐漸磨練而來的戰鬥技術。

「不過我從一開始，就是為了推翻那個評價而來啊啊啊啊啊啊！」

「——那又如何？」

梅瑞狄斯的動作變了。

他瞬間後退，逃離席薇亞的束縛。和軍刀之前畫圓似的移動方式不同的直線動作。

刀尖貫穿了席薇亞的右臂。

「咦——————————」

時間停止。

刀子緩緩離開右手，掉在地板上，發出清脆的聲響。

「…………你不是不會用軍刀刺人…………………？」

「妳連那種謊言都沒法識破啊？」

梅瑞狄斯對她投以憐憫的眼神，拔出軍刀。

劇痛從手臂傳來。

席薇亞抱著右臂，放聲慘叫。

痛苦得在地板上打滾。這是她人生至今從未體驗過的疼痛。即使席薇亞緊咬嘴唇、拚命忍耐，依舊是動彈不得。

她垂下頭用頭頂著地板，全身痛到不住發抖。

「結束了。」

頭頂上方傳來梅瑞狄斯冷酷的說話聲。

「只要妳不再抵抗，我就饒妳一命。接下來將對妳進行盤問。」

「————！」

慘到讓人笑出來的大敗。

完全不是對手。

話說回來，梅瑞狄斯根本沒有拿出真本事。他沒有用槍，沒有用軍刀攻擊內臟，也沒有要求其他部下幫忙。

儘管如此——席薇亞還是連五分鐘都撐不了。

（什麼跟什麼嘛，虧我還以為自己變強了……）

不甘心的她嘴唇顫抖。

（結果完全不行……！我未免太遜了吧！）

全身遭到毆打，汗水和沙子跑進傷口裡。那份疼痛告訴她什麼才是現實。

——如果是克勞斯早就贏了。

——如果是莫妮卡就能撐得更久。

可是自己卻是這副德性。沒能傷梅瑞狄斯一根寒毛，只能像隻毛毛蟲一樣縮著身子，任人宰割。這不叫悲慘，什麼才叫悲慘？

和勝過其他間諜的同伴相比，自己到底有多弱啊。

「……哼，這裡不是動不動就想哭的小鬼該來的地方。」

梅瑞狄斯吐了口氣，將軍刀收回刀鞘。

「我就告訴妳為什麼妳贏不了我好了。」

「……！」

「是對『燒盡』的競爭心理令妳動作遲鈍。『既然她辦得到，那麼我也可以』——這種無聊的虛榮心簡直幼稚至極。」

梅瑞狄斯以幾乎令建築晃動的強勁力道怒吼。

「妳別以為那種沾滿私情的刀刃，傷得了為王效忠的我們！」

「…………………！」

在如雷的怒吼聲中，頭頂著地板的席薇亞瞪大雙眼。

◇◇◇

說起來，那其實是理所當然的結果。

ＣＩＭ雖然因為自己人背叛而敗給了「蛇」，但是每位諜報員都擁有很大的潛力，幹部們的實力更是即使好幾個百合團結起來也一樣打不贏。

席薇亞的格鬥能力則是還有發揮的空間。

可是，那是連她本人也毫無自覺、尚未達到的高度。憑現在仍無法面對自身過去的她，是無法徹底發揮實力的。

——「燈火」無法突破ＣＩＭ的包圍。

——結果因為連接近克勞斯也辦不到，以致產生出更大的悲劇。

能夠顛覆那種未來，成為逆轉關鍵的存在是——

◇◇◇

「…………我想起來了。」

席薇亞的口中發出呢喃聲。

這不是因為她被剛才交手過的敵人斥責而感到恥辱。也不是因為梅瑞狄斯的怒罵聲中，帶著年長者對毛頭小子的同情意味。

比起屈辱和無力感，她感受到更多的是令內心震盪的衝動。

「曾經有個男人說過跟你類似的話。」

「……………妳在說什麼？」

梅瑞狄斯一臉狐疑。

其他部下們也皺起眉頭。突然開始喃喃自語的席薇亞似乎讓他們覺得很詭異。

席薇亞逕自說下去。

「他用很討人厭的口氣對我說『不要執著於培育學校的成績♪』。」

她抬起頭，露出微笑。

「但是可笑的是，就連他自己也活在狹隘的價值觀裡。他一直很在意自己贏不了同團隊的男人，介意自己遠遠不及同年代的天才這件事。」

口吐嘆息。

「是那傢伙告訴我——合作是我的武器。」

他是抱著何種心情，將那份願望託付給我呢？

他似乎也非常努力地在鍛鍊。他不斷精進交涉技術、戰鬥技術，以及自己所能運用的武器。

可是，終究還是贏不了「鳳」的老大溫德。

——就如同席薇亞贏不了莫妮卡，那個男人也贏不了溫德。

想到這裡，席薇亞重新體認到一點。

原來我們之間有著這樣的共通點啊。

大概是這番無法理解的話令他感到不愉快吧，梅瑞狄斯眉頭緊蹙。

「妳到底在說誰──」

「是被你們殺死的人啦！」

梅瑞狄斯低呼，四周包括米涅在內的部下們不禁屏息。

隨後，樓上──席薇亞等人所在的大樓二樓傳來聲響。像是某種東西搖晃的聲音。

剛才那是什麼聲音？某人這麼嘀咕，梅瑞狄斯抬頭仰望天花板。

席薇亞面露笑意，陷入回想。

毒舌又老愛捉弄人的「鳳」的戰鬥員──「翔破」畢克斯。

從前在培育學校所有學生中成績排名第二，擁有電影明星般的俊美長相，經常愚弄別人的青年。

他擁有異於常人的怪力，曾經在龍沖和席薇亞直接交手過。交流期間，他總是纏著席薇亞，一邊強行拖著她去聯誼，一邊傳授她間諜的戰鬥方式。

回想起與他相處的日子，席薇亞鏗鏘有力地說道。

「光憑我打不贏。助我一臂之力吧，畢克斯。」

儘管腳步蹣跚，她仍確實站了起來。

「『翔破』&『百鬼』——愉快粉碎、掠奪攻擊的時間到啦。」

◆◆◆ ◆◆◆ ◆◆◆

大樓的二樓。

那裡有兩名間諜在聽到樓下傳來的聲音後面露微笑。

「有人在拜託你耶～畢克斯。」

以慵懶語氣這麼說的是「羽琴」法爾瑪。她是一名留著長捲髮、體型微胖的女性，外表給人一種「懶散」的印象。

她坐在窗框上，像是要欣賞這個特別夜晚地瞇起眼睛。

「沒辦法～畢竟她的能力還不足以打敗ＣＩＭ嘛。況且要識破米涅小姐的謊言，也需要法爾瑪的力量～」

「就是啊♪她這個人真教人不放心。」

另一人「翔破」畢克斯聳著肩膀回答。

他正走在二樓的地板上，一面像在尋找什麼似的移動視線，不久找到目標後便停下腳步。

接著，他取出藏在身上的手指虎，高舉過頭。

「這次我就破例助妳一臂之力——我們一同作戰吧，席薇亞♪」

和溫柔長相反差極大的鐵臂揮動，不斷破壞那個目標物。

◆◆◆　◆◆◆　◆◆◆

梅瑞狄斯一臉愕然，瞪著再次起身的席薇亞。

「妳到底在說什麼……？」

他會這麼說也是正常的。席薇亞現在已經不是能夠好好戰鬥的狀態，她甚至沒辦法用慣用手握刀。被刺穿的手臂若不止血將會有性命之虞。

勝負已定。

她應該做的是諂媚ＣＩＭ，順從地供出情報。或是嘗試自殺，以間諜身分努力保守情報。

「……妳該不會以為那種虛張聲勢有用吧？『鳳』除了『浮雲』外全都死了。」

梅瑞狄斯困惑地眨眼。

「合作？別開玩笑了，妳還有別的同伴嗎？」

「當然有啊。」席薇亞回答。「我們正在和『鳳』一起作戰。」

席薇亞不為所動。她用雙腿直挺挺地站著，持續以堅定的眼神看著對方。

梅瑞狄斯一臉傻眼地嘆息。

「……真可悲啊，妳連腦袋都變得不正常了。」

他以緩慢的動作，再次從刀鞘中拔出軍刀。

準備朝席薇亞的左臂突刺。

「我來讓妳輕鬆點。和亡靈一起去死吧。」

天花板破裂。

「──！」

軍刀停了下來。

彷彿石頭裂開的可怕聲響傳來，接著下個瞬間，天花板便伴隨著轟隆巨響塌了下來。

灰泥、混凝土和無數電線傾盆落下。

席薇亞已經動起來，跑向能夠避開瓦礫的位置。

「怎麼會——！」

梅瑞狄斯的反應也很快。他停止攻擊，瞬間決定以保護自己的部下為優先。

他猛力衝撞面對突發事故反應遲鈍的部下，將部下撞到安全的柱子旁。

天花板停止崩塌，當他正準備確認其餘部下的安危時，忽然察覺有道影子接近自己。

席薇亞已經繞到梅瑞狄斯的死角，朝放鬆戒備的他投擲某樣東西。

梅瑞狄斯以高超的刀法將其斬斷。

那是化妝品的瓶子。梅瑞狄斯的軍刀輕易便將玻璃瓶砍斷。

裡面的液體噴濺到他臉上。

「是毒藥嗎……！」

那是和百合分開前，她交給席薇亞的瓶子。

梅瑞狄斯一邊後退，一邊擦臉。從他眉頭深鎖的模樣看來，毒藥似乎稍微跑進嘴巴裡了。

「但是我有解毒劑——」

當他睜開眼睛時，席薇亞已逼近眼前。

雙方的距離已無法以軍刀進行攻擊。她將斷掉的左手伸向梅瑞狄斯。

「只要我把東西偷走——」

「妳休想得逞啊啊啊啊啊啊啊啊啊啊！」

梅瑞狄斯使出一記鉤拳。
擊中席薇亞的側腹。
那是使出渾身解數的沉重一擊。
身體輕易就浮上半空中，接著整個人好比球一樣在地上翻滾，猛力撞上附近的柱子。
「……這就是妳最後的掙扎嗎？這招確實令人驚豔。」
他一副佩服地嘆氣。
「我是不曉得妳用了什麼手法，不過妳打算破壞天花板，然後趁機讓我喝下毒藥對吧？雖然妳最後還想搶走我的解毒劑——可是卻失敗了。」
化妝品的瓶子還在梅瑞狄斯懷中。
他將瓶中的紅茶一飲而盡。
在毒藥生效之前先喝下解毒劑是理所當然的判斷。
他喝完瓶中的液體後，滿臉得意地擦拭嘴角。
「一切都結束了。這次我一定要好好地盤問妳。」
席薇亞已經沒有半點力氣可以逃跑。
她把背靠在柱子上，低著頭，以伸長雙腿的姿勢坐著。
「……我真的好沒用啊。」

口中發出無精打采的低喃。
右臂不停冒出鮮血，左手的手指也折斷了兩根。衣服破裂，露出傷痕累累的皮膚。
「…………我果然完全比不上莫妮卡，真教人不甘心啊。」
她緩緩抬頭。
讓被鮮血和淚水弄髒的臉上浮現大大的笑容。
「……居然連欺騙別人，都得和誰合作才行。」
梅瑞狄斯停止動作。
他瞪大雙眼，似乎立刻就察覺到了什麼。
「————！」
沒錯，他剛才喝下的不是解毒劑。
席薇亞早就在戰鬥過程中偷走解毒劑，和毒藥瓶調換過來。
那是擅長偷竊的「百鬼」的特技。

應用分散注意力、從對方身上掠奪物品的技術，將物品放入對手懷中。

但是，她無法獨力完成這一點。席薇亞沒有能夠徹底欺瞞敵人的聰明才智。這次也是如果沒有百合幫忙準備的毒藥就無法成立。

借用、給予、分享。她的詐術成立在與同伴的合作之下。

「竊盜」×「調換」——虛實混雜。

梅瑞狄斯喝下的不是解毒劑而是毒藥，並且和米涅之前所攝取、經過稀釋的毒藥不同。他所攝取的毒藥量，遠超過之前喝下的解毒劑。

他的身體開始慢慢傾斜。

「莫非妳一直都在盤算這一點——」

「『花園』&『百鬼』——狂亂綻放、掠奪攻擊的時間到了。」

她面帶微笑，說出不在場的同伴的名字。

「——我已經調換過來了。」

從前連莫妮卡也只能逃離的強敵，在席薇亞的面前倒下。

◇◇◇

梅瑞狄斯的巨軀倒下之後，其他「瓦納金」的成員們立刻一個箭步向前。包括米涅在內的六人，衝上前準備壓制遍體鱗傷的席薇亞。

果然沒有勝算。必輸無疑。

但如果是現在，應該多少有交涉的餘地才對。

「不准靠近！」

席薇亞舉起左手。

「——你們要是敢靠過來，我就打破這個解毒劑。」

她的手裡握著裝有解毒劑的瓶子。

此舉足以構成威脅，「瓦納金」們立刻停止動作。假使他們開槍，席薇亞只要鬆開手中的瓶子，解毒劑就沒了。

「你們聽我說，CIM裡面真的可能有內奸。『旋律師』的部下遭殺害一事，我們是真的完全不知情……！」

席薇亞拚命解釋。

「那件事是誰報告的？是你們嗎？還是——」

席薇亞無法當場拿出具體證據來證明自己的話。

但是權力關係已經改變了。他們上司的性命現在掌握在席薇亞手裡，就算他們是保守機密情報的部隊，應該也無法輕易拋下老大不管。

「回答我！」

她努力保持因失血而快要消失的意識，大聲嚷嚷。

「……我才想問妳們究竟有何企圖。」

一臉痛苦地這麼說的人是梅瑞狄斯。

「明明就是『燈火』先企圖欺騙我們的。我們收到『燎火』和『蛇』有往來的情報，而且也見到證據了。」

「……嗄？」

「所以米涅才會暗中準備收拾妳們。」

萬萬沒想到會被這樣冤枉，席薇亞震驚到發不出聲音。

原來ＣＩＭ內部一直擅自在進行那種事情？

「太離譜了……簡直莫名其妙……」

「妳有辦法證明這是不實指控嗎？我看妳只是為了活命才這樣敷衍——」

「愛惜生命的人才不會不惜讓手臂被刺穿，也要跟你作戰啦。」
聽了席薇亞這麼大喊，梅瑞狄斯一副恍然大悟地點頭。
「……原來如此。」
他一臉不甘心地咬住嘴唇。
「看樣子我們都中計了呢。真奇怪，奈森大人應該有辦法識破才對……」
雖然他面露不解神情，不過他似乎也對內奸是誰有頭緒了。
「散布假消息的傢伙到底是誰——」
梅瑞狄斯說出那人的名字之後，他的懷中忽然響起機械聲，接著隨即就聽見人的聲音。好像是有人打給他所持有的無線電機。
沒一會兒，他神情凝重地注視著席薇亞。
「我的部下傳來報告——『燎火』好像從監禁房中消失了。」
「——！」
席薇亞將最後的力氣注入雙腿，撲向梅瑞狄斯。
周圍的部下們大喊「妳幹什麼！」，試圖抓住席薇亞。

席薇亞將裝有解毒劑的瓶子扔給他們，從梅瑞狄斯懷中搶走無線電機。

「我從米涅那裡偷來的無線電機在百合她們手上！我要怎麼聯絡她們？」

梅瑞狄斯似乎明白她想做什麼，對部下說「告訴她吧」。

那是ＣＩＭ所擁有的特殊無線電機。米涅教完她如何操作後，席薇亞立刻大喊。

「百合、莎拉！聽得見嗎？」

『——席薇亞？妳沒事吧？』

無線電機隨即傳來百合的聲音。

「還可以。」席薇亞高呼。「先不管我了，妳們那邊情況如何？」

『——呃，狀況很糟糕！老師已經不在建築裡面了！負責警備的「貝里亞斯」成員們也都很慌張！』

她們似乎平安抵達建築了。

可是卻在準備救援克勞斯的前一刻，察覺到警備人員的異狀。

『總、總之，因為我們看見有台可疑的車輛開走，所以就跟著對方移動了。只不過由於夜霧太濃——』

「繼續追！」

席薇亞用盡全力大喊。

現在能夠去追克勞斯等人的恐怕只有她們。至少席薇亞是已經無力參與任務了。

『咦？』

「敵人的動作比我們快了一步！妳們現在開始盡全力去追！白蜘蛛的內奸是——」

說出那個名字後，席薇亞終於來到極限。她的意識開始變得模糊不清。

懷著滿腹的不甘心，她將一切託付給同伴。

◇◇◇

一台小客車行駛在夜霧中。

引擎聲很小，幾近無聲。這也是ＣＩＭ開發出來的特殊技術嗎？

坐在後座的克勞斯對身旁的女性說道。

「這突然吹的是什麼風？居然要把我移送至別處。」

他被命令離開監禁房間不過是十分鐘前的事。他的雙手被繞到身體後側，重新銬上五道牢固的鐵鎖，然後就這麼被帶上車。

事前完全沒有聽說要移動到別的地方。

克勞斯也是用來引白蜘蛛現身的誘餌，不應該隨便移動才對。

他瞪著一旁將自己帶出來的女性。

「而且我的護衛居然只有兩個人。這次行動還真是隱密啊。」

「事態緊急，理由我之後再跟你解釋。」

亞梅莉冷冷地回答。

她沉默寡言，左手還一直握著手槍。意思大概是只要克勞斯抵抗，便會立即射殺他吧。

克勞斯選擇現在暫時假裝順從。

——這幾天，克勞斯完全沒有得到外界的情報。

他被關在監禁房內，連份報紙也沒得看，完全不知道現在發生什麼事、情況變得怎麼樣，所以無法對這次移送提出反對。

時間來到將近晚上十點，休羅的街道籠罩在夜霧之中。

車子沒多久便駛進某座工廠的廠區內。工廠內有軌道延伸，看來這裡是鐵路的維修工廠。

車子併排停在一輛蒸汽火車旁邊。

火車的體積相當大，看起來就像黑色圓柱橫躺在地上一樣。那是芬德聯邦的代表性造型。

「說起來，蒸汽火車其實是我國發明出來的。」

亞梅莉突然開口。

「四十年前也有出口到你的國家。怎麼樣？我國傳統的4-6-0的車輪配置很美吧。鍋爐壓力也超過十七公里，這可是一般國家所達不到的水準喔？」
「妳的口氣還真自豪啊。我都不知道原來妳是鐵道迷。」
「我也是有一兩項興趣的。」
她有些害羞地點頭。
「我要請你搭上這輛火車。」
大概是為了隱密地移動吧。
火車的車頭後方拖著兩節客車，明亮的燈光從窗戶流瀉而出。
由於沒有月台，必須利用梯子上下車。
克勞斯因為無法使用雙手，爬梯子對他來說相當辛苦，但是亞梅莉用傻眼的語氣催促他「你應該辦得到吧？」，他只好一邊保持平衡一邊上車。
開車載他們來這裡的司機沒有上車。
克勞斯和亞梅莉兩人一進到客車，蒸汽火車隨即開動。
雖然看不見人影，不過似乎有讓火車發動的人在。據說最少需要一名負責駕駛的司機，以及一名負責動力的助理司機。他們大概人在駕駛室吧。
火車發動後隨即逐漸加速。
一轉眼就離開工廠，駛上一般的軌道。

（如果速度繼續加快，就沒辦法跳車了。）

假使速度提升至將近一百公里，那麼在雙手遭綑綁的狀態下跳車無疑是自殺行為。望著窗外流逝的景色，克勞斯暗自分析現狀。

——除非讓火車停下來，否則不可能逃脫。

——無法期待來自外界的救援。

克勞斯坐在客席上，微微嘆息。

「妳好像很希望跟我單獨相處呢。」

「是啊。」

亞梅莉沒有否認。她坐在別的位子上，注視著前方。

「因為我想告訴你答案。」

開口這麼說。

「『最好對一切抱持懷疑』——之前你曾經這麼勸我。」

我的確說過這句話，克勞斯回想。

那是兩人還在追捕莫妮卡的時候。由於「貝里亞斯」被「燈火」拘禁，又加上發現「海德」內藏有叛徒，當時她的精神狀態十分不穩定。

於是克勞斯以同行身分，稍微給了她建議。

「這幾天，我一邊看著你們作戰的樣子，一邊反覆地思考。」

亞梅莉依舊望著前方繼續說。

「我的願望只有一個，那就是保護這個由女王掌權的美麗國家，讓我的家人、愛人能夠安穩度日。為此我應該做些什麼？只是一再完成命令是正確的嗎？我無時無刻都在思考這些問題。」

「……那妳找到答案了嗎？」

「找到了。」亞梅莉揚起嘴角。「——我做出和你師父一樣的決定。」

克勞斯還來不及反問這話什麼意思，客車的門就打開了。

一名男子從駕駛室的方向走來。他右手持槍，一副心情很好地闊步而行。

「好久沒跟你直接見面了，怪物。」

克勞斯不可能忘記他的長相。

讓師父倒戈，將「火焰」帶向毀滅，最後還射殺師父的「蛇」的一員。以及將學生莫妮卡逼上絕路的男人。

「……白蜘蛛。」

克勞斯對他投以蘊含殺氣的目光。

「就讓今天成為紀念日吧。」白蜘蛛吐出舌頭。「——『火焰』徹底毀滅的日子。」

4章 定律

the room is a specialized institution of mission impossible
code name sougen

「操偶師」亞梅莉是一名為祖國獻身的女性。

學生時代，她那出眾的才能獲得賞識，於是就此成為ＣＩＭ的防諜情報員。

不久後由她負責指揮的「貝里亞斯」，是直接聽命於最高幹部的特務機關，專門執行機密性高的任務。像是搜查政界大老的賣國行為、拘捕握有王族醜聞的記者，她完成過無數任務。

亞梅莉從不質疑上級的命令。她總是當一顆忠誠的棋子，聽命行事。因為她自己也不過是一具提線人偶罷了。

一切都是為了深愛的祖國，為了王，為了守護從前的家人和愛人的平靜生活。

然而，她的忠誠心遭到利用，不得不重新檢視自己人生的時刻來臨了。

她聽從上司「翠蝶」的指示，攻擊了「鳳」。雖說是別國的間諜，那場襲擊行動也確實做得太過火。一再受到假情報操弄的結果，最後她不僅沒能保護達林皇太子殿下，還慘敗給「燈火」，和部下一起受到監禁。

她從克勞斯、席薇亞、愛爾娜、莫妮卡身上領悟到一點。

──光是當棋子無法守護國家。

──自己是間諜，不是奴隸。

必須重新思考守護國家是怎麼一回事。

然而諷刺的是，給了亞梅莉提示的竟是欺騙她的「翠蝶」。

「只要去見那個男人，妳就能得到妳想要的答案喔～」

她像是看穿亞梅莉動搖的心一般這麼說。

「那個男人很膽小，除非妳獨自前往，否則他是不會現身的。」

所幸，聽到這番話的人只有亞梅莉。

毫不猶豫。即使這是翠蝶的策略，她也必須靠自己的意志做出選擇。

深夜在指定的碼頭等了一陣子後，她感應到人的氣息。

一如翠蝶事前告知的，那個男人十分謹慎。他小心翼翼地花了幾十分鐘，確認這不是陷阱、周遭有沒有其他人埋伏。

「翠蝶那傢伙還挺有用的嘛，ＣＩＭ的最高幹部果然不是白當的。」

不久，一名駝背男子現身向她搭話。

「所以，美麗的女士——妳的願望是什麼？」

「我想要知道一切。」

亞梅莉挺直背脊回答。

「我想要知道『蛇』和『火焰』是為什麼起衝突，以及達林殿下所涉及的禁忌的一切真相，之後再由我自己做出決斷。」

男人臉上浮現有些陰森的笑容。

他以呢喃似的語氣「放心吧——」一派隨和地說。「我是站在弱者這一方的。」

◇◇◇

火車沒有減速，不斷地駛離休羅市。

車輪磨擦的聲音不時響起，令車廂晃動。

克勞斯緩緩從座位起身，與站在走道上的白蜘蛛正面相對。

「你大概不了解她的心情吧。」

白蜘蛛以平靜的表情看著亞梅莉。

「我很尊敬她喔。她體驗過失敗，懷疑圍繞在自己身邊的常識，最後做出結論。將失敗當成成長養分的人永遠都是那麼帥氣，你說對吧？」

亞梅莉也從座位上站起來，走到白蜘蛛身旁。她像要表示自己是他的同伴地與他並肩而站，舉著手槍，瞪視克勞斯。

渾身散發出之前隱藏起來的殺氣。

白蜘蛛聳了聳肩。

「我先把話說在前面，我可沒有洗腦別人的能力喔。」

「沒錯，我是憑自己的意志決定加入『蛇』的。」

亞梅莉的眼中沒有一絲陰霾。

「我現在可以抬頭挺胸地說——這才是我的使命。」

現在的她，看起來反而比克勞斯之前見到的她更加自信大方。

和當「海德」的棋子聽命行事時，以及同伴被挾為人質、不知所措時截然不同，從她的舉止可以感受到強烈的意志。

——白蜘蛛和亞梅莉聯手，打算殺了我。

眼前的景象，讓克勞斯有種喉嚨被人勒住的感覺。

他對亞梅莉並沒有特殊的好感，但是兩人畢竟相處過一段不算短的日子。雖說這是間諜的日常，背叛卻總是教人感到空虛。

他們兩人打算在這個密室般的車廂裡，聯手槍殺我嗎？

「為什麼？」

克勞斯問道。

「是什麼改變了妳？難道達林皇太子遇害後，妳不顧他人眼光所流的淚水都是假的嗎？在妳旁邊的，可是殺死皇太子的凶手喔？」

亞梅莉面不改色。她大概早已下定決心了。

儘管如此，克勞斯還是不得不說。

「若是現在還——」

「已經來不及了。」

做出反應的是白蜘蛛。

他迅速舉起手槍，毫不猶豫就扣下扳機。雖然看起來完全沒有瞄準，子彈卻準確無比地命中目標。

——射穿亞梅莉的側頭部。

他射擊的對象不是克勞斯，而是站在身旁的同伴。

亞梅莉的身體飛了出去。

頭蓋骨可能被打碎了吧，只見鮮血從她的頭部迸發噴出，整個人就這麼無力地倒在地板上。

從頭部溢出的鮮血，染紅了她衣服上的荷葉邊。

「亞梅莉……」克勞斯低呼。

「你可別怪我喔，她自己應該也早有覺悟才對。」

白蜘蛛一臉遺憾地左右搖頭。

亞梅莉此時已是動也不動，可以斷言她已當場死亡。

「萬一要是她被你說服，我可打不過你們，所以只好先除掉危險分子了。」

「————」

這是身為間諜的殘酷決斷。白蜘蛛是為了消除亞梅莉也許會再次向克勞斯倒戈的疑慮而殺了她。

亞梅莉當然應該也早就明白這一點。反叛的間諜不可能會有光明的未來。

可是，這未免也太——

不，克勞斯搖頭心想。現在不是沉溺於感傷的時候。

白蜘蛛用手擦掉濺在自己臉上的血。

「這麼一來就只剩下我們兩個了，怪物。」

「是啊，沒有錯。」

仔細想想，克勞斯或許也一直期望這一刻到來。

——克勞斯最想殺死的男人。

雖然不願承認，不過白蜘蛛確實稱得上是克勞斯的宿敵。這半年以來，克勞斯滿腦子都想著要抓到他、盤問他，然後將他殺死。

奪走克勞斯的家人「火焰」的男人，以及毀掉「鳳」和莫妮卡的幕後黑手。

「真的是費了我好大工夫呢。」

白蜘蛛似乎也等待這一刻許久。他一副心情絕佳地聳了聳肩。

「我總算可以替銀蟬報仇了。我要把你的腦袋擺在她的墳墓上。」

「……嗯？」

聽見他這麼說，克勞斯頓時一頭霧水。

白蜘蛛蹙起眉頭。

「怎樣啦，你幹嘛突然一臉困惑的樣子。」

「誰是銀蟬？」

「……唔，你這人反應很遲鈍耶。就像我派紫蟻大哥去對付你家老大一樣，我也曾經派了一個名叫銀蟬的女人去對付你啊。」

「原來如此……」

「一般聽到這裡應該都會想到吧？」

「分明就是你自己解釋得不夠清楚。」

突然被人將自己不知情的恨意發洩在身上，克勞斯瞬間感到不知所措。

順帶一提，克勞斯並非毫無頭緒。

在克勞斯以為「火焰」已徹底毀滅的那段時間，他曾經陷入相當艱難的處境。他不僅身體狀況莫名變得很差，還遭到好幾名刺客襲擊。儘管最後順利將那些人擺平了，當時卻沒有餘裕去盤問敵人的名字。

看來，「蛇」也混在那些刺客之中了。

閒聊到此結束。

克勞斯再次正面盯著白蜘蛛。

「我想問跟以前一樣的問題。」

「什麼啦。」

「師父為什麼會背叛『火焰』？」

從前在迪恩共和國的娛樂城，克勞斯也曾問過這個問題。

「我不認為你們會連個正當理由也沒有就採取行動。你們也有你們的正義。那是強烈到足以讓師父和亞梅莉改變心意的動機對吧？」

「我要用和以前同樣的一句話來回答你。」

笑容從白蜘蛛臉上消失。

「若是我把一切都告訴你，你會願意加入『蛇』嗎？」

「……………………」

白蜘蛛的語氣中，帶著像在殷切要求一般的嚴肅感。

如果點頭，他或許真的會說出來。既然如此，表面上假裝同意、姑且先把情報套出來，才是身為間諜的正確選擇。

可是，唯獨這一點克勞斯辦不到。

不是身為間諜的他辦不到，而是他的本能拒絕這麼做。

即使被人嘲笑不成熟，他也覺得一旦放任那份衝動，自己的人格就毀了。

「真的很奇怪耶，你為什麼要如此憎恨『蛇』？」

白蜘蛛一副不可思議地瞇起雙眼。

「你的師父——基德先生加入了『蛇』，這個選擇讓你不敢置信嗎？當初並不是我們威脅他加入。像他那種暴力機器，誰有辦法讓他乖乖聽話啊。」

語氣中帶著難以掩藏的敬畏。

「基德先生直到最後一刻，都不以自己的決定為恥。」

「**不准你談論師父。**」

克勞斯終於顯露出來的情緒近乎憤怒。

不可能有辦法認同。基德——師父——自己視作父親一般的男人，竟會選擇走上跟這個男人相同的道路。

果然無法和解。只要逼他供出情報就好。

「要我聽『蛇』的話是不可能的。」

「這樣啊，那就沒辦法了。」

好像從一開始就料到似的，白蜘蛛搖搖頭，接著他舉起手槍、夾緊腋下，以雙手持槍。

他是單手射擊也能百發百中的男人，不可能射偏。

「你去死吧。」

請求般的語氣。

「我若是現在不殺了你，你將會成為對這個世界而言非死不可的存在，成為殺害數百萬人民的大罪人。」

雖然聽不懂是什麼意思，不過他大概不會願意解釋吧。

他用手指勾住扳機。

「——即刻行刑。」

克勞斯在被綁在背後的雙手中施力。

果然無法解開束縛。雙手被五道鐵鎖牢牢固定，就算讓關節脫臼也沒用。亞梅莉施加的束縛不可能輕易就被解除。

既然無法使用雙手，自然也就無法運用武器。

克勞斯唯一能做的，就是用受傷的腿四處移動，但是這樣不可能徹底逃離。要從疾駛的火車上跳車是不可能的。

重新確認完狀況之後，一股情緒湧上心頭。

是笑意。

「呵呵！」

「嗄？」

噗哧一笑。

但是，一旦笑出來之後就再也無法停止了。他像是解開束縛一般，扭動身體放肆大笑。

「哈哈哈哈哈哈、啊哈哈哈哈哈哈哈哈！呵呵、啊哈哈！啊哈哈哈哈、啊哈哈哈哈！哈哈哈哈哈哈！啊哈哈！呵呵、哈哈！啊哈哈哈！哈哈哈哈哈哈！」

車廂內充滿他的笑聲。

他已經有好幾年沒有笑到肚子痛了。

「怎樣啦……？」

白蜘蛛一臉感到詭異地說。

「你是那種會豪邁大笑的人嗎……？」

若是平常的克勞斯，的確不可能這麼做。

可是他實在是忍不住了。

「白蜘蛛，這就是你用盡全力想出來的計策嗎？」

「啥……？」

「一想到你為了這一刻，奉獻了多少歲月、多少勞力，我就有點……忍不住想笑。」

大笑的同時，心頭也湧現一股空虛感。

究竟有多少人為了這一刻四處奔走？還有許多人像「鳳」和亞梅莉一樣失去生命。一流間諜們在國內到處奔波，花費了龐大的費用。

最後引導出來的——竟是這種程度的圈套。

「對了，我問你——」

克勞斯嘆也似的開口。

「——我該陪你玩這場遊戲到什麼時候？」

白蜘蛛露出一頭霧水的表情，瞪大雙眼。

◇◇◇

白蜘蛛握著手槍，無法動彈。

克勞斯身上散發出來的從容不像虛張聲勢。

（怎麼回事……？他沒辦法使用雙手，左腿也無法正常活動……）

白蜘蛛有命令亞梅莉要確實束縛住他的雙手，並回報他的傷勢情況。她應該不會失誤才對。

（不不不，他怎麼可能活命……）

像是要消除內心的不安，他用力扣下扳機。

射出的子彈準確地朝克勞斯飛去。

白蜘蛛並不認為一槍就能殺死克勞斯。但是只要持續開槍，無法抵抗也無法逃走的他沒多久就會用盡力氣，然後死去。事情應該會是如此。

——子彈掠過克勞斯的身體。

他僅以最小限度的動作便避開擦過太陽穴的子彈，朝白蜘蛛接近。

接著射出的第二發子彈也被他扭身閃避開來。他縱身躍入空中，朝白蜘蛛使出不像雙手受到束縛的漂亮飛踢。

「啥——？」

白蜘蛛雖然用雙手抵擋了那一腳，卻沒能抵銷那股力道。

身體失去平衡。往後翻滾的他即刻起身，重新舉起手槍。

光是一記蹴踢就把他逼到車廂的末端。

通往駕駛室的門被從駕駛室那一側鎖住，無路可逃。

「真教人傻眼耶。」

克勞斯為了不對左腿造成負擔，將重心放在右腿上站著。

「你先是讓我的同伴背叛，弄傷我的左腿。之後又徹底束縛住我的雙手，奪走我所有武器，把我關進無路可逃的密室中。這樣啊，原來如此。」

他接下來說的話讓白蜘蛛不禁毛骨悚然。

「——所以呢？你真以為光憑這點程度就能打贏我？」

白蜘蛛一時衝動擊發了子彈。

（太扯了吧。這傢伙在說什麼啊——！）

克勞斯僅以右腿跳躍，避開子彈。

白蜘蛛則趁機從他旁邊跑過，再次拉開距離。他一邊在車廂內大幅移動，一邊以準確無比的射擊技術瞄準克勞斯的身體。

然而卻都沒有命中。

克勞斯以右腿為支點旋轉身體，在千鈞一髮之際閃避開來。

（簡直太離譜了！他為什麼有辦法只剩一條腿動作還如此靈活？）

他充分利用車廂空間，僅以右腿跳也似的踢向地板、座位、牆壁，小步移動。彷彿在展現自己隨時都能閃避攻擊的從容。

白蜘蛛可以確定──亞梅莉沒有在工作上犯任何錯誤。

他無法正常使用雙手和左腿。

間諜「燎火」單憑一條右腿便足以稱為怪物。

他僅憑著右腿，朝從車廂的一端跑到另一端的白蜘蛛逼近。

「該死！」

白蜘蛛忍不住怒吼。

他並不是沒有與能夠閃避子彈的間諜對戰的經驗。更新對手的情報、預判對手的行動，然後開槍射擊。

但是，眼前的對手和那種程度的敵人大不相同。

確實打中了——才剛喜孜孜地這麼心想，對手的身影便消失無蹤。

讓人誤以為是瞬間移動的動作。彷彿身體位置往右偏移的錯覺。

那份技術的存在，白蜘蛛早已從基德口中聽聞。經歷過幾十場槍戰，被譽為不死之身的狙擊手——

「炮烙」蓋兒黛的步法。

（他居然光憑單腳就能使出那項技術——？）

面對一再發生的意料之外，所有行動都顯得慢半拍。

已然接近的克勞斯將蹴踢當作誘餌，擾亂白蜘蛛的視覺。

在白蜘蛛眼前彎腰的他，接著使出的招數是頭槌。

「……！」

堅硬的頭部撞上白蜘蛛的鼻梁，使得他不由得失去平衡。

克勞斯泰然自若地開口：

「如果是這種程度的圈套，我的部下平時就經常對我使用，而我每次都會擊敗她們。」

「——！」

白蜘蛛確定了一件他不願相信的事實。

——克勞斯又更加成長了。

無論怎麼想，克勞斯現在的技術都比起在米塔里歐打敗紫蟻，讓白蜘蛛不得不承認他是「世界最強間諜」的那天又更加提升。

白蜘蛛的格鬥技術絕對不差。他接受過藍蝗和基德的指導，也相信自己的格鬥技術比起多數間諜要來得優秀。

可是，他卻完全贏不了只有一條右腿的克勞斯。

——我現在交手的對象真的是人嗎？

拚命保持平衡的他，在情急之下不得不出拳攻擊。

然而對方卻用肩膀擋了下來，並且利用那記拳擊帶來的能量，以右腿為軸心旋轉身體，然後只用一條右腿縱身跳躍。

像在耍特技一樣在空翻的同時使出的後迴旋踢，粉碎了白蜘蛛的下顎。

「唔啊——！」

好幾顆牙齒掉落在地。

感覺整個腦袋都在晃動的他倒了下來，之後趕緊連滾帶爬地和克勞斯拉開距離。

「你忽略了很重要的一點。」

克勞斯依舊從容不迫地站著。

「我最想避免的情況——其實是你不來殺我。」

「……！」

白蜘蛛並非沒有考慮過這件事。事實上，黑螳螂也給過他相同的建言。雖然白蜘蛛最後還是沒有逃跑是因為有無法退縮的理由，不過克勞斯當然不曉得他的苦衷。

希望白蜘蛛來殺自己的他究竟有何企圖？

「由於ＣＩＭ也不樂見那種情況，於是我便和『咒師』合作、達成協議，好讓白蜘蛛你能夠放心地來殺我。」

他接著說。

「——也就是完全不阻止你的行動。」

原來是這樣啊，白蜘蛛恍然大悟。

對於事情會進展得如此順利，白蜘蛛並非不曾起疑。

原來這一切都經過與ＣＩＭ最高幹部之一，「咒師」奈森的合意。

克勞斯挑釁地歪頭問道。

「難道你以為憑你的實力有辦法讓我中計？」

「————！」

白蜘蛛用力咬舌。

沒有反駁餘地這一點，顯示出眼前狀況是多麼令人束手無策。

「我準備的兩個計策之一……『極有效率也容易實現的最佳作戰計畫』──其實我真沒想到自己會用這個計畫來收拾你。」

克勞斯再次展開行動。他感覺絲毫不畏懼白蜘蛛的手槍，迅速縮短兩人之間的距離。發射出去的子彈宛如命中注定一般，被他的身體閃避開來。

白蜘蛛現在總算明白克勞斯剛才為什麼笑了。

總歸來說──克勞斯什麼對策也沒想。

他就只是在刺客即將行刺自己的狀況下，看著「燈火」和CIM四處奔走，自己則悠哉地休養生息，沒有特別做些什麼。

這樣就夠了。

這樣便足以破壞白蜘蛛耗盡心力所安排準備的暗殺計畫。

也難怪他會忍不住笑個不停了。

「快點沒力吧，我不想跟你那無聊的執念一直耗下去。」

克勞斯語帶不屑地這麼說，並且朝白蜘蛛的腹部猛踹。

「**你這傢伙讓我打從心底作嘔……！**」

他的每一記攻擊都蘊藏著濃烈殺意。

（這個蠻橫的化身是怎麼回事……？）

他的原動力是憤怒嗎？

「火焰」被殺死，「鳳」被殺死，多數「燈火」的部下也受到了傷害。雖說只有右腿，但是不輸給子彈的猛烈攻勢中蘊含著非比尋常的激情。

感覺只要稍微鬆懈，整個人就會頓失意識。

（開什麼玩笑。也不想想我是抱著何種心情在期待這一天——）

儘管雙方的距離極近，白蜘蛛仍開了好幾槍。他用左臂擋下蹴踢，用右手扣下扳機。

不管怎樣，只要打中一發就好。他抱著這種自暴自棄的心情連續射擊。

（我要替銀蟬——蒼蠅——紫蟻報仇——）

克勞斯朝座椅的椅背一蹬，跳起來閃避子彈。

就在他準備追擊身在空中的男人時——他發現自己失策了。

十四發——白蜘蛛準備的自動手槍已經沒了子彈。

對手當然不可能會給他時間填裝子彈。

「該死的！」

白蜘蛛扔掉手槍、解放雙手，專心防禦。他決定改變作戰方式，迎擊敵人。

克勞斯使出了飛膝踢。

他全力擋下那記攻擊，同時從懷中擲出某樣物品。那是約莫拇指大小的小鐵筒。

——小型炸彈。

炸彈不到一秒便爆炸，在白蜘蛛和克勞斯兩人之間炸裂。

克勞斯被震得往後退，在地板上一個翻滾後順勢起身。

「自爆……？」

「既然子彈和拳頭都不管用，這下只好出狠招了……！」

克勞斯臉上首次露出苦悶的表情。

他似乎被炸彈的碎片刺到，只見鮮血從他的胸口滲出。

「不過我也一樣遭殃就是了。」

白蜘蛛也一屁股跌坐在地，兩條手臂上也插著碎片。

小型炸彈是他的最後手段。

炸彈的威力受到了抑制。他不能使用有可能破壞克勞斯的拘束具的武器。

可是如果是這個小型炸彈，就能確實攻擊到克勞斯。從遠處扔擲有可能會被他閃開，但若是在超近距離下引爆，就能連同自己一起使克勞斯受到傷害。

而且白蜘蛛可以用雙臂保護自己的要害，克勞斯卻無法閃避。

「——會先死的人是你。」

他像要打擊對手信心地高聲宣告。

直接和克勞斯交手之後，他深深體會到一件事。

若是將這個男人放著不管——「曉闇計畫」肯定會實現。

好幾百萬人遭到殺害，唯有強者存活的世界將會到來。

到底有誰能夠阻止他呢？無論是「蛇」的老大、藍蝗，還是什麼樣的間諜，所有人都阻止不了他。倘若犧牲自己的性命就能徹底殺死他，那也算值得了。

在白蜘蛛的眼前，克勞斯瞪大雙眼、全身顫抖。

「你的那個身法……！」

「喂喂，你怎麼是在意那個啊。」

比起作為祕技的小型炸彈，那個事實似乎更令他瞠目結舌。

白蜘蛛改用的近身作戰方式是承襲自某個人物。

「你可別忘了，基德先生最終選擇的是『蛇』。」

他親身體驗過基德如風暴般的暴力。

對於為了實現自身宿願而傾注全力的他，白蜘蛛心中滿是敬畏。

「基德先生最後託付技術的徒弟是我——不是你。」

「…………！」

克勞斯瞪大雙眼、用力挑眉，用漆黑的雙眸注視著白蜘蛛。

他的憤怒情緒似乎更加高漲了。

「你這傢伙——」他小聲低吟。「真的讓我覺得很不爽……！」

「那可是我的榮幸喔，師兄？」

怒氣沖天的人不只是克勞斯。

這個明明敬愛基德卻否定他的思想、對「蛇」展開殺戮的男人，讓白蜘蛛感到極度不快。為什麼他不和師父走上同一條道路呢？

「儘管放馬過來吧。我要宰了你，推翻世界的規則。」

白蜘蛛像在鼓舞自己一般高聲地說，並且走上前去。

「以基德先生的遺志繼承者身分——！」

「不准你叫他的名字。」

白蜘蛛抱著必死決心，發動自爆攻擊。

對此，克勞斯則是縱身一躍，準備隨時都能使出蹴踢。他打算一擊就讓白蜘蛛命喪黃泉。

就結果而言，這將會是兩人最後一次交手。

費盡心機、確實剝奪對手自由的「白蜘蛛」；以及故意在沒有對策的狀況下迎戰，僅憑受限的身體能力退敵的「燎火」。

為世界最頂尖間諜們的互相殘殺揭幕的是——

「————！」

「————！」

——既非克勞斯亦非白蜘蛛的第三者。

兩人花了好一段時間才明白發生了什麼事。

克勞斯認為那是白蜘蛛的計謀，白蜘蛛則以為是克勞斯做了什麼而心生警戒。

那是連他們這樣實力高強的人也意想不到的狀況。

在兩人交錯的前一刻——克勞斯的右腿被射穿了。

子彈從別的方向飛來。克勞斯屈服在突如其來的強攻之下，白蜘蛛則為確保自身安全，趕緊後退。

槍聲是從車內響起。

兩人不約而同地同時望向槍聲傳來的方向。

「亞梅莉……？」

目睹令人不敢置信的景象，克勞斯不禁喃喃自語。

倒臥在血海之中的她手裡握著槍。

不可能會動的肉體。可是卻唯獨槍口明確地對準了克勞斯。

◇◇◇

亞梅莉已經失去視覺和聽覺。

在無聲的黑暗中，她感應到的是從地板傳來的些許震動。剛才一直到處移動的人變得動也不動了。

（……我也是很固執的喔。）

一面感受自己的生命逐漸消逝，亞梅莉露出自豪的笑容。雖然她已經連活動表情肌肉都辦不到了。

她所發射的子彈，是朝著用一條腿活動的人——克勞斯而去。

那個人沒有動作，看來是成功命中了。

亞梅莉並不為自己的決定感到後悔。白蜘蛛並未保證他會善待背叛組織的人，他射殺自己一事也早在亞梅莉預料之中。

儘管如此，亞梅莉的意志還是直到最後都沒有動搖——那就是守護美麗的祖國到底。

為此，她甚至不惜與「蛇」聯手。

（我今天會死，大概是以前殺死那麼多人所得到的報應吧。）

當然，那不是憑自己一條命就能徹底償還的罪過。雖然那種想法只是自我滿足，不過這樣就好。

能夠對「世界最強間諜」報一箭之仇——也算是為人生最後一刻增添光彩了。

（燎火，我有稍微推翻你對我的評價嗎？）

當然，如今就連這一點也無所謂了。他人的評價已與自己無關。

現在的亞梅莉已不再是誰的提線人偶，而是憑著自己的意志死去。

◇◇◇

克勞斯站不起來。

子彈貫穿了右小腿，活動腿部需要用到的肌腱受到損傷，讓他甚至無法施力。

他以雙膝跪地的姿勢，朝亞梅莉投以驚愕的目光。

（……她還能動…………？）

完全出乎意料的攻擊。

（她裝死裝到連我和白蜘蛛都沒發現…………？）

不，不可能。克勞斯即刻否定自己的想法。

她的確已經死了。頭部在極近距離下遭到射擊，不可能有辦法生還。

亞梅莉復活了。

即使大腦停止運作，心臟仍會持續跳動一陣子，而這時若給予電流刺激，肌肉就會動起來。

因受槍擊而停止運作的大腦，只要在某種偶然下再次啟動，死者便會瞬間復活。

發生在亞梅莉身上的，就是這種有如怪談的現象。

——這是她身為間諜的榮耀所引發的奇蹟。

她已經死去了。

然而她的小小行動，卻大幅改變了戰況。

「啊哈哈啊哈哈、啊啊哈、啊哈哈哈、哈哈哈哈！」

白蜘蛛放聲大笑。

「我說妳啊！妳這個間諜真了不起耶！亞梅莉！我真是太尊敬妳了——！」

雖然很想抱怨，卻又不得不承認。

無論克勞斯還是白蜘蛛，他們都太小看她了。

——「操偶師」亞梅莉。

——為了守護芬德聯邦，引導世界各國的間諜走向毀滅的稀世防諜情報員。

她的最後一擊，是強大到令克勞斯招架不住的狠招。

「啊～我真的唯獨惡運特別強耶～這是我唯一值得自豪的地方。」

白蜘蛛一副喜不自勝地拍打自己的臉。

而從拍打的指縫間，隱約可以窺見他那雙混濁的眼睛。

「這下你應該沒法作戰了吧？」

「…………！」

要是可以虛張聲勢地說「才沒有那回事」該有多好。

既然右腿沒法動，那就只能用傷勢未癒的左腿逃跑了。可是，克勞斯光要站起來就極度費力，即使只是跳一下也沒辦法落地。

腦中浮現「死亡」的預感。

白蜘蛛像在細細品嘗餘裕一般撿起手槍，用彈匣將子彈填進槍中。從槍的型號來看，可以知道共有十四發子彈。要避開所有子彈是不可能的事。

「來發射禮砲吧——」

彷彿要確認子彈似的，他朝天花板開了一槍。

「——慶祝世界定律崩壞的一刻。」

情勢一對自己有利就立刻得意忘形，他果然是個小人物。

可是，那樣的男人卻把自詡為「世界最強」的克勞斯逼入絕境。

超脫常軌的強烈執著。

這時，車廂後方傳來聲響。是什麼東西降落下來的聲音。

白蜘蛛好像沒注意到。應該是他自己發出的槍聲讓他漏聽了。

「不會崩壞的。」

克勞斯以跪地的姿勢開口。

「你沒有從師父身上學到任何東西。憑你是摧毀不了定律的。」

白蜘蛛闔上浮現笑意的嘴角。

「……你想說什麼？遺言嗎？」

「能夠扭曲規則的只有強者啦。弱者說的話才沒人要聽。」

「所以我才說我要推翻那一點——」

「你做不到的——因為你的決心不夠。」

白蜘蛛微微咬住嘴唇。

像是被誰說過同一句話的反應。

克勞斯自然而然地察覺到那人是誰。

「是嗎？原來師父也對你說過相同的話啊。」

「——————！」

見到白蜘蛛扭曲的表情，克勞斯確定自己的推測無誤。

一股暖意湧上心頭。原來即使背叛了，基德這個人依舊沒變。

「你誤會了。」

克勞斯帶著平靜的心情說道。

「反覆失敗，接受自己的軟弱，為達目的犧牲一切——師父想表達的不是這種低層次的決心。」

臉上浮現自虐的笑意。

「你以為我從來不曾失敗或戰敗過嗎？」

克勞斯自稱「世界最強」這個浮誇的名號，是最近不到一年的事情。

他原本不是那種人。到頭來，他從來沒有在正面對決時打贏過基德，而且還經常被老大斥責，也曾在接受蓋兒黛的修行時喪氣叫苦。『火焰』的成員全都擁有克勞斯敵不過的武器。

「在我的人生中，失去的總是比獲得的更多。儘管如此，我還是沒有停下腳步。即使失敗、即使受挫，我依舊不放棄自己的可能性。」

他清楚明白地說。

「有權利改變世界的——只有下定決心堅信自己是強者的人。」

鄰近克勞斯、客車後方的門被打開。

不需要回頭。她已經抵達了。

第二條計策——「只有風險和成本且實現困難的最差勁作戰計畫」。

克勞斯和「咒師」完全沒有研擬對策去阻止白蜘蛛。結果白蜘蛛達成計畫，ＣＩＭ則顯然因為叛徒的出現而陷入混亂。

儘管如此，克勞斯仍相信少女們一定能突破困境，奔赴到自己身邊。

因為她們是能夠證明克勞斯身為教官的價值，最棒的學生。

「——小妹來救你了，老大。」

「草原」莎拉勇敢地挺起胸膛，趕到這輛蒸汽火車上。

◇◇◇

——時間稍微往前回溯。

發現克勞斯失蹤之後，ＣＩＭ隨即也為了暗殺白蜘蛛展開行動。

他們推測亞梅莉是利用在鐵路工廠沉睡的舊型火車逃逸，便立刻派遣精兵闖進夜深人靜的克雷特皇后車站內，開動新型的火車。

在「咒師」奈森的指揮下，他們很快就鎖定白蜘蛛所搭乘的火車。

「蒸汽火車的行駛表現，會隨駕駛的技術產生很大的差異。如果是臨時湊合上陣的助理司機，恐怕很難讓火車達到最高速度。」

奈森冷靜地分析。

「敵人還沒有走遠。只要派出我國最新型的蒸汽火車，不可能追不上。」

來得及趕上發車的，是約莫二十名的ＣＩＭ精兵。

然後在那輛火車的屋頂上，還站著一名全身纏滿繃帶的少女。

「哼，看來敝人為以防萬一而隨時待命乃正確選擇是也。」

那是一名將胭脂色頭髮綁成一束，輪廓深邃的少女。

「浮雲」蘭──這名少女和「燈火」成員一樣都受到ＣＩＭ的監視。儘管她的傷勢離痊癒還差得遠，她仍拜託ＣＩＭ讓自己隨行。

她的手裡拿著裝有武器的包包。

「代號『浮雲』……不對，現在好像應該這樣宣示比較好。」

她在開動的火車屋頂上，志得意滿地高聲說道。

「代號『炯眼』──飛翔天際的時間到了是也。」

然而，潛藏在那輛火車上的不只有「燈火」的同伴。

由層層圈套交織而成的謀略戰──雙方皆已準備發動最後一張王牌。

莎拉趕到克勞斯身邊的二十分鐘前——

一名間諜出現在將救援克勞斯的工作託付給同伴，眼看就快氣力耗盡的席薇亞身邊。那是一名全身戴滿裝飾品，頭髮長及大腿根部的男子。

「……原來如此，真沒想到亞梅莉會是內奸啊。」

「奈森大人！」一旁的梅瑞狄斯驚呼。

席薇亞從他的反應，推測男子應該是ＣＩＭ的最高幹部之一。

他注視著席薇亞，送上「真是風雅」的讚美。

「原來如此。對兩方陣營設下圈套，讓雙方互相傷害啊。如果是亞梅莉，她的確有可能辦到這一點……不過，妳似乎解開誤會，讓雙方和解了。」

「是、是啊。」

「妳叫『百鬼』是嗎？克勞斯真是教出了一名好徒弟。」

他讓手環發出聲響，將頭髮往上一撥。

「我方也會給予最大程度的支援，絕對不能讓殺害達林殿下的『蛇』逃了。」

之後他借用梅瑞狄斯的無線電機，聯絡位於各地的同胞。

莎拉和百合則是為了奪回克勞斯，騎著機車在休羅的幹道上奔馳。

「百合前輩，原來妳會騎機車啊？」

「請不要跟我說話！我現在是憑直覺在駕駛！」

「直覺？」

她們偷走民宅內的大型機車，設法接上線路讓引擎發動。百合握著把手，莎拉則緊貼在她背後。

她們一抵達克勞斯受到監禁的建築，就見到一台可疑車輛從那裡離開。因為在車子後座看見疑似他的身影，又注意到負責監視的「貝里亞斯」一團混亂，於是她們決定追上前去。

但是由於夜霧太濃，她們跟丟了那台車，現在只能在街上胡亂地走。

『百合，知道亞梅莉的行蹤了！』

不久，無線電機中傳來席薇亞的聲音。

『是CIM查出來的。亞梅莉有可能會利用鐵路逃逸！據說她事前曾經和鐵路工廠的人接觸。』

「鐵路？要是她真的搭上那玩意兒，機車根本追不上啊！」

『妳們現在人在哪裡？』

莎拉念出映入眼簾的交通標誌上的地名。

幾秒鐘後有了回應。席薇亞好像正在和身邊的ＣＩＭ情報員商量。

『…………恐怕會來不及。』

她的語氣聽來十分苦悶。

此時此刻，ＣＩＭ似乎也展開了行動。他們也認為直接前往工廠會來不及，於是車站周邊的間諜們決定利用鐵路去追趕。

但是，這麼做還是得花很長的時間才能救出克勞斯。他就算在這段時間被殺害也不奇怪。

——一切都在「操偶師」亞梅莉完美的算計之中。

正當莎拉感到懊惱時，百合開口：

「有沒有可以超前的捷徑？」

『咦……』

「我們碰運氣賭賭看吧。有辦法從塞爾汀大橋跳上火車嗎？」

莎拉「什麼！」地大喊。

百合按下煞車，改變機車的行進方向。

『……知道了！我去叫他們調查捷徑。』

繼席薇亞的聲音之後，無線電機中也傳來ＣＩＭ的間諜們『……妳的同伴瘋了嗎？』、『啊哈哈，就連老娘我們都不會想要那麼做』的錯愕語氣。

不予理會地要求查出捷徑後，她們便一直線地驅車前往。

不久，百合兩人抵達橋梁的前方。

塞爾汀大橋是位於休羅近郊，橫跨河川兩岸的一座巨大橋梁，興建至今已有百年以上的歷史，期間曾幾度經過改建。橋體為兩層構造，上層設有車道，下層則是鐵路。

橋梁全長一百二十公尺。

百合在橋梁前方停下機車。現在還看不到火車的身影，看來是成功超前了。

可是，問題是接下來該如何移動到疾馳的火車上。

「應該只會被火車撞吧？」莎拉提出疑問。火車的速度應該超過一百公里。

「我們也要加速到極限跳上去！」

百合大聲回應。

「這是葛蕾特預想的非常手段之一喔。」

「咦？」

「她為了保護克勞斯老師，思考過好幾百種可能發生的情況。她真是太專情了。」

位於橋梁上層的車道及其正下方的鐵路雖然上下重疊，但是只要過了河，車道便會繼續直行，鐵路則是向右轉。由於火車會在抵達橋梁盡頭之前減速，因此理論上應該可以跳上去。這便是葛蕾特的計畫。

她現在也還在病房裡奮戰，努力擬出連ＣＩＭ的間諜也為之詫異的計策。

「不能讓葛蕾特的心意白費。這次輪到我們出馬相救了。」

百合握緊油門握把。

「身為『燈火』的領導人，我絕不退縮。」

「……！」

受到她堅定的語氣鼓舞，莎拉也自然而然壯起膽子。

再這樣下去，克勞斯會被殺死。若讓白蜘蛛逃走，到時連莫妮卡也救不回來。

正好就在此時，令整座橋梁為之晃動的悶鈍聲響傳來。

一道強烈的橘光衝破夜霧，迎面而來。蒸汽火車來了。火車大概一分鐘後，便會進到百合兩人所在的塞爾汀大橋的下層。

「火車來了！」

「要開始嘍！」

當百合發動引擎時，莎拉注意到一件事。

（糟糕，會看不見要跳上去的車廂……！）

火車一旦進入橋梁的下層，身在上層車道的莎拉二人便無法用肉眼辨識火車的位置。要在火車駛出橋梁後立刻跳上去幾乎不可能。

這話雖說是理所當然，但是不可否認她們確實準備不足。

然而，火車不會等人。

再過十幾秒就會看不見火車的身影。

「不需要擔心。」

百合露出柔和的微笑。

「我們會知道位置的。因為『鳳』就在我們身旁。」

莎拉的心情頓時輕鬆許多。她脫掉帽子，緊閉雙眼祈禱。

一邊在腦中想像——想像「鳳」就陪伴在兩人左右。

◆◆◆　◆◆◆　◆◆◆

「鳳」的老大——「飛禽」溫德站在塞爾汀大橋的橋拱上。

這名棕髮男子正以銳利目光，俯視著一台機車。他低頭望著走一步算一步地嘗試跳上火車的莎拉二人，用聽來傻眼的語氣嘀咕：「『燈火』的女人們果然有夠亂來。」

他是少女們的目標之一。

這個男人從培育學校畢業後，一轉眼便晉升成為間諜團隊的老大。他希望有一天能超越克勞斯的強烈競爭意識，令少女們欽佩不已。

「這是我能夠為妳們提供的最後支援了。」

他神情落寞地說道。

接著，他拔腿在橋拱上奔跑，憑著天生的跳躍力和平衡感猛然衝到橋上，然後朝橋梁用力一蹬，縱身躍入空中。

「我來當妳們的指針。毫不猶豫地前進吧。」

溫德鏗鏘有力地說。

「去完成『燈火』和『鳳』的聯合任務。」

◆◆◆　◆◆◆　◆◆◆

百合將油門催到最大。

儘管前輪感覺差點就要浮起，急劇加速的機車仍一直線地駛過橋梁。機車的速度已經提升，這麼一來就算跳上火車，應該也不會因為速度落差而被彈開。

但是，最重要的火車已進入橋梁的下層，無法以肉眼辨識。

橋梁的盡頭逐漸接近。

「果然看得見……！」

這時，百合開口。

莎拉也抬起頭，用肉眼捕捉到那個存在。彷彿在替她們兩人指路一般，隱約有個東西飄浮在夜空中。

「……可以在空中看見路！」

只要稍有遲疑，便會招來淒慘的意外。

但是，在這種時候發揮膽識才是百合的真本事──！

百合完全沒有按煞車。

急速猛衝的機車駛上了車道旁的人行道。車體在高低差和衝擊力的作用下大大地彈跳，然後越過欄杆，潛入夜空。

「啊啊啊啊啊啊啊啊啊啊啊啊啊啊啊啊啊啊啊啊啊啊！」

被猛力拋入空中的莎拉和百合，看見了正好在身下行駛的火車。面對在黑夜中奔馳的巨大身軀，恐懼不禁從心底油然而生。

所幸速度沒有差距太大，時間點也很完美。

接下來的問題是著地。假使失敗了，兩人必死無疑。

然而就在這時，從火車煙囪噴出的熱蒸氣令莎拉失去平衡，整個人往前翻滾。察覺意外發生的當下，百合立刻抓住莎拉的手臂。

之後她們便以從百合的左肩著地的形式，降落在火車屋頂上。

「————！」

百合口中發出苦悶的呻吟。

雖然成功落地，她的肩膀卻受到了重擊。只見她咬著嘴唇，按住左肩蹲下。

「百合前輩！妳為了保護小妹——」

「快去！」

百合大喊。她以強硬的口吻鞭策莎拉。

「不要停下腳步！無所畏懼地去吧！」

連點頭回應的時間也不浪費，莎拉即刻動了起來。

她從百合手中接過手槍，重新戴好帽子，拔腿在火車的屋頂上奔跑。

百合暫時無法動彈。即使可以動，無法使用左肩又沒有武器的她也無法參與任務。

——現在能夠去救克勞斯的人只有莎拉。
她跳下車廂的連結處，打開客車的門。

◇◇◇

「燈火」與「蛇」——各出奇招的謀略戰即將迎來最終局面。
莎拉衝進客車後，第一件事是確認狀況。
首先映入眼簾的是倒在地板上的屍體。
（亞梅莉小姐……）
莎拉雖然不曾和亞梅莉直接交流，不過這名間諜和「燈火」有很深的淵源。儘管她背叛CIM的原因不明，但想必一定有不得已的苦衷吧。
克勞斯似乎還活著。
他正好就以雙膝跪在莎拉剛才通過，位在客車後方的門前。
「老大……」
「——好極了。」克勞斯點頭。「妳來得真是太好了。」
他的右腿正在大量出血。那是新的傷，似乎是被槍擊中了。雙手無法使用，兩腿則都受了傷。雖然身陷一籌莫展的危機之中，不過幸好看來是趕上了。

然而，現在的他恐怕已無法發揮戰力。

而且也沒有方法能夠解開他雙手的束縛。那是ＣＩＭ發明的特殊拘束具。如果可以花時間用工具解鎖或許就另當別論，可是現在既沒有時間也沒有工具。

莎拉走上前去護著克勞斯，望向眼前的男人。

「就妳一個人嗎？」

男人冷冷地問。

莎拉雖然是第一次當面見到他，卻再清楚對方的名字不過了。

令「鳳」毀滅、射殺達林皇太子、陷害莫妮卡，為芬德聯邦和迪恩共和國帶來巨大混亂的一切幕後黑手——白蜘蛛。

他的兩條手臂出血，臉上也有像是被毆打過的瘀青。但是他依舊從容地站著，臉上露出老神在在的表情。看來他仍擁有充分的戰鬥能力。

白蜘蛛手裡握著槍，一臉不快地瞇起雙眼。

「——不對，跳到疾駛的火車上不可能會毫髮無傷。這麼說來，妳們是兩人一起跳上車，結果其中一人為了保護對方而失去行動能力嘍？畢竟現在可不是保留戰力的時候。」

迅速分析完狀況，白蜘蛛滿臉嘲諷地聳聳肩。

「所以，妳一個人來做什麼？」

「打倒你。」

莎拉清楚明確地回答。

她沒有像平時那樣膽怯地口吐喪氣話。那種階段早就已經過去了。

（沒錯，小妹是多虧有大家才能夠來到這裡。）

單憑莎拉一人不可能挑戰白蜘蛛。

是因為葛蕾特、席薇亞、百合的犧牲奉獻，她才總算能和白蜘蛛當面對峙。

她的願望只有一個。

——逮捕白蜘蛛，打聽出莫妮卡的下落，「燈火」全員一起返回祖國。

無論面對何種強敵都必須克服。

莎拉兩手握著槍，瞄準白蜘蛛。

「……到頭來，妳能拿到手的武器就只有一把手槍啊。」

白蜘蛛看著擺出備戰架式的莎拉，嘴角浮現笑意。

「亞梅莉真是幹得太好了！」

他採取行動的瞬間，莎拉也扣下扳機。

子彈一直線地朝他飛去——然而卻中途被某樣東西擋住了。

「——！」

不知何時，白蜘蛛的左手裡已握著一把刀。他大概是用刀身彈開子彈吧。

白蜘蛛一個箭步上前逼近錯愕的莎拉，給了她一記前踢。腹部被狠狠踢中，整個身體重重撞上客車後方的牆壁。

「莎拉！」

克勞斯大喊。

莎拉想要立刻起身，強烈的暈眩感卻讓她失去平衡。方才那一踢擊中了心窩。失去平衡感的她絆到腳，整個人就這麼跌倒在地。

光是一擊就將她逼到快要暈厥。

（身體……好痛……！好想吐……！）

她用手撐著地板，竭盡全力不讓自己整個趴下。

——子彈被理所當然似的彈開了。

就連槍這種擁有絕對力量的武器，白蜘蛛都不當成一回事。據莎拉所知，只有基德、克勞斯、莫妮卡擁有這種高階技術。

——和自己不同層級的，間諜們的戰爭。

早已心知肚明的實力差距在一瞬間獲得證明。

手槍是莎拉現在唯一的攻擊手段，其他武器都被亞梅莉沒收了。除此之外，頂多就只有好比玩具的陶瓷刀。

（但是，小妹必須在這裡保護老大才行——！）

連瞄準都辦不到，就只是為了牽制而開槍。

結果子彈朝完全不相干的方向飛去，就這樣白白地浪費掉。

「我沒興趣折磨妳。」

白蜘蛛後退，與她拉開距離。

「妳快點從火車上跳下去吧。我只要能夠殺死這個怪物就夠了。」

莎拉當然不可能退讓。

她勉強站起來，再次來到克勞斯前方護著他。她反覆大口呼吸，讓氧氣充分在體內循環。

「你別想得逞……！」

「哦，是嗎？那我就殺了妳。反正怎樣我都無所謂。」

白蜘蛛舉起手槍。

他那副好比挪開障礙物的輕鬆態度想必不是鬆懈，而是正確理解莎拉的實力後做出的冷靜判斷。

「………………！」

莎拉既無法彈開子彈也無力閃躲。一旦演變成槍戰，她必輸無疑。

必須設法找出一絲勝算才行。

「小妹身旁——」

她打算盡可能虛張聲勢，令白蜘蛛心生動搖。

「小妹等人身旁有『鳳』的陪伴。」

「啥？」

「所以一定可以打倒你！你不知道嗎？這個傳聞應該也有在ＣＩＭ裡面流傳才對。」

莎拉滔滔不絕地繼續說。

「『鳳』還活著。庫諾前輩不僅將鐵片送進安妮特前輩的病房，另外還幫忙動了許多手腳。聽說剛才席薇亞前輩也受到幫助了喔。法爾瑪前輩識破敵人的謊言，畢克斯前輩破壞了大樓的天花板。」

她得意地笑道。

「他們至今仍持續支持著小妹等人，被逼到走投無路的人是你才對。小妹二人之所以有辦法跳到火車上，也是因為溫德前輩的引導——」

話中途止住了。

因為當她抬頭要窺視對方的反應時，注意到白蜘蛛臉上的表情。

莎拉不禁倒吸一口氣。

——白蜘蛛一副無精打采、萎靡倦怠的模樣。

那不是間諜在執行任務時會露出的表情。

那個反應像是在注視某個令他覺得可憐、不幸、值得憐憫的東西一樣。

白蜘蛛神情困窘地搔搔頭，放下手槍，懶洋洋地「啊～」了一聲。

「怎麼說呢，感覺好沒勁喔。」

「咦……」

「這就是妳的作戰計畫？簡直就像小嬰兒爬上男人們正在認真對打的拳擊擂台一樣，感覺被人潑了一盆冷水。不對，根本就跟大洪水一樣掃興。」

「……你到底想說什麼？」

「那種謊言連故弄玄虛都算不上。」

他毫不隱藏內心的不悅，將強烈的怒氣發洩出來。

「不、不對，那是真——」莎拉試圖解釋。

「——那是動物搞的鬼，對吧？我早就知道妳能夠操控動物了。」

他鬆開頭髮，像在伸展一樣弄響指節。

「我是在觀察『燈火』的時候，察覺到妳有操控老鷹、鴿子、狗、老鼠的能力。然後，亞梅莉也傳來報告，告訴我在『忘我』的病房內發現了老鷹的羽毛。是妳命令老鷹把鐵片送進去的吧？這就是『凱風』庫諾的真面目。」

「……！」

「識破謊言的是狗嗎？我知道也有其他間諜會訓練狗那種技能。這就是『羽琴』法爾瑪的真面目。破壞大樓的是老鼠對吧？老鼠咬斷瓦斯管或電線、引發重大事故的案例偶有所聞。這就是『翔破』畢克斯的真面目。」

他一副閒得發慌地看著自己的手指。

「至於妳們跳上火車時的記號——」

隨後，他以敏捷的動作揮動右手。

子彈被擊發。出其不意的舉動，讓莎拉完全反應不過來。

莎拉的帽子被射穿了。

灰色羽毛在視野中飛舞。躲在帽子裡的胖鴿子咚一聲墜落在地。

「艾登先生！」

「──妳是讓鴿子先飛當作記號對吧？這就是『飛禽』溫德的真面目。」

所幸子彈只有擦過鴿子的翅膀，然而鴿子卻已無法動彈。這隻鴿子是莎拉仰賴作為障眼法的非常手段。

白蜘蛛一臉興致缺缺地繼續說。

「換句話說，這幾天妳們擅自宣稱的『鳳』的真相──」

他稍作停頓才又開口。

「──全部都是妄想。什麼『鳳』還活著，根本就是騙局。」

「──────！」

莎拉用力抿唇。真相被他說中了。

說起來，她當初會想出這個計策，都是因為安妮特的發言。

──「凱風」庫諾救了本小姐。

這的確是安妮特在胡言亂語。大概是她在病榻中所作的夢吧。

事實上，那是莎拉因為擔心安妮特而送進病房的寵物老鷹。她避開米涅的耳目，要老鷹從為了通風而敞開的窗戶將鐵片送進去。

於是她突發奇想——想出這個宣稱莎拉的寵物是「鳳」的奇招。

她本來希望這麼做可以稍微動搖CIM、讓白蜘蛛感到困惑，不過看來似乎完全行不通。

「我們人可是在殺死『鳳』的現場喔？這個謊言真是爛到教人提不起勁了。」

白蜘蛛語帶不屑地說。

就連爾虞我詐都無法獲得勝利。莎拉的話術完全無法與敵人抗衡。

（但是還沒完——）

莎拉懷抱希望，在腿中施力。

（小妹等人還有——）

「我還有『炯眼』這條計策——妳的臉上這麼寫著呢。」

白蜘蛛這番話彷彿看穿了莎拉的心思。

不由得屏息。

——「炯眼」是莎拉真正所剩的唯一勝算。

假使白蜘蛛早已為此採取應對措施，勝利的可能性便會徹底消失。

「那個叫莫妮卡的傢伙託付給妳們的神祕間諜……老實說，我之前的確為此相當苦惱喔。畢竟就連我也完全沒有對方的資料。」

他用鼻子哼了一聲。

「不過，是妳們給了我線索。」

「咦……？」

「妳們不是跟『鳳』很要好嗎？好到特地讓屍體復活的程度。」

莎拉感覺自己的體溫逐漸下降。

白蜘蛛的嘴角詭異地扭曲。

「我本來只知道『燈火』和『鳳』曾經在一次任務中有交集，不過既然你們過去的關係如此親密，那情況就不一樣了。」

他對莎拉投以確認似的目光。

「『鳳』的唯一生還者——代號『炯眼』的真實身分是『浮雲』蘭。」

「…………！」

身體不住顫抖。衝擊撼動腦袋，心臟險些就要停止。

白蜘蛛面帶嘲諷地點頭。

「不過就算搞錯也無所謂啦。說得極端一點，無論『炯眼』是誰都沒差。因為我已經故意留下一個手段，讓你們能夠追上這輛火車了。」

「故意——？」

「大概再過三分鐘，ＣＩＭ那些傢伙所搭乘的火車就會追上來了。」

他說得沒錯，ＣＩＭ不可能毫無對策。察知亞梅莉背叛的他們迅速趕往車站，正搭乘最新型的火車趕往這裡。

「炯眼」應該就在那輛火車上。

但是，居然連這一點也在他的算計之中嗎？

「——我要將他們全部殺光。」

白蜘蛛露出低級的笑容。

◇◇◇

在ＣＩＭ的精兵們雲集的火車客車內，蘭正在專注地集中精神。

她反覆深呼吸，調整意識。身上的傷勢雖然很難說已經完全康復，但是現在的她身負大任。

她接下來的行動將成為拯救「燈火」的關鍵。

當然，ＣＩＭ的間諜們也同樣感到緊張。

出現在他們腦海中的，是將恐懼刻在他們心上的「燒盡」。據說接下來要逮捕的對象是其同伴，也是「蛇」的一員。恐懼與使命感同時在心中湧現。

在被如此緊張萬分的氣氛籠罩的客車裡，變化產生了。

正好是火車穿越塞爾汀大橋的時候。

「那個戴兜帽的人是怎麼回事……」

一名男性情報員開口。

只見一名用厚實兜帽蓋住頭部、渾身散發陰森氣息的高挑男子，正從隔壁一節客車大搖大擺地朝這邊走來。兜帽內側響起金屬碰撞的聲音。

沒一會，他便進入到蘭等人待命的客車內。

「真不愧是白蜘蛛，一切都在他的算計之中。」

他從兜帽底下顯露出來的嘴角帶著笑意。

然後從長袖露出來的是——三條右臂。

「故意留下救援燎火的手段，將強者一網打盡。」

面對突然現身的闖入者，ＣＩＭ的精兵們已迅速拔出手槍。他們每一個人都是水準一流的情報員，對於可疑人物的出現毫不退怯。

然而無奈對手實在太強大了。

「天下無敵的掃蕩——『車轍斧』。」

朝男子發射子彈的瞬間，男子所擁有的三條右臂——其中散發出機械光澤的兩條手臂被大大地揮動。

爆炸一般的現象從手臂產生，朝男子發射的子彈全部改變了方向。

義手釋放出了某種像是衝擊波的東西。

雖然原理不明，但是產生出來的空氣牆，卻將男子前方的座椅整個彈開。

蘭早就知道那名人物的存在。

溫德遺留下來的訊息——殺死「鳳」四名成員的人物。一人是「翠蝶」，另一人則是多臂男。

「你這傢伙啊啊啊啊啊啊啊啊啊啊啊啊！」

她情緒激憤地站起身。

多臂男停下動作，將臉轉向她。

「……妳是『浮雲』嗎？喔，原來『炯眼』的真實身分就是妳啊。」

他那愉悅的語氣令蘭火冒三丈。

她想起莫妮卡曾告訴自己男人的代號。

「汝就是『黑螳螂』對吧？」

「真不愧是天下無敵的我，連名字都廣為人知了啊。噢，天啊，這下我不就無法迎來安穩的生活了嗎？」

黑螳螂用陶醉的口吻這麼說。

「……啊啊，引退離我愈來愈遠了。」

CIM的精兵們似乎也同樣對他戲謔的態度感到煩躁。他們扣下手槍的扳機，試圖制伏黑螳螂。

「等等！那傢伙——！」

但是隨便刺激敵人並非明智之舉，畢竟對方可是讓「鳳」毀滅的男人。

蘭的制止無效。

「……不准妨礙我。」

黑螳螂的義手動了起來。

來歷不明的衝擊波產生，形成空氣牆。子彈被擊落，最靠近的女性手臂更是整個變形。

攻防一體的武器。然後，這裡是無路可逃的火車內。

——黑螳螂的殺戮已然展開。

被砍斷，被焚燒，被彈飛。

義手側面的刀刃輕易便將粗壯男子的身體斬斷。自義手直線發射出來的火焰，不斷焚燒手握槍枝的間諜們。衝擊波一被釋放出來，子彈就被彈開，接近的間諜四肢也被壓爛。

非人的技術。

那兩條義手擁有武器一般的破壞力。

蘭甚至無法向他靠近。

遭他破壞的座椅木片，如散彈槍一般落在位於客車後方的人身上。沒能完全避開而被擦傷腿部的蘭還算幸運，在她旁邊的人則是不幸被刺中胸口，當場喪命。

「啊啊啊啊啊啊啊啊啊啊啊啊啊啊啊啊啊啊啊！」

某人放聲慘叫，卻也沒多久便停止。

車輪磨擦的聲音聽起來好大聲。黑螳螂的義手也破壞了客車的天花板和牆壁，屍體不斷從牆上的大洞跌落車外。

單方面的施暴轉眼間便結束。

還活著的，就只有沒加入戰鬥的蘭一人。

黑螳螂佇立在被無數屍體填滿的客車裡。

「嗯……………『車轍斧』的狀態果然不太好。」

他好像很不滿意地用左手撫摸接在右臂上的義手。

「真是的，要是處於最佳狀態，就能由我去殺死燎火了。現在控制力這麼差，搞不好會連那傢伙的拘束具也破壞掉。」

看樣子，他現在的狀態離全力還很遠。

他似乎並不希望大肆徹底破壞。可能是因為如果客車嚴重毀損，連他自己也會有生命危險吧。

黑螳螂把義手當成鞭子一樣甩動，像要試砍似的損壞附近的遺體。

「不過我當然非殺了妳不可。」

蘭還活著的事情已經曝光。黑螳螂緩緩地向她逼近。

完全無法動彈。

對方是屠殺「鳳」的同伴們的行凶者——即使知道這一點也是束手無策。無論採取何種行動，也想不出任何獲勝的可能。

不管做什麼，都只會被他的義手擊倒。可是，這輛火車上無處可逃。

——沒有辦法能夠對抗連二十名精兵齊上也打不倒的怪物。

來到距離蘭約莫三公尺的位置後，他停下腳步。

蘭只能抱著雙腿，模樣悲慘地蹲著。

「我要殺光你們所有人，不能讓妳去救燎火。」

雖然還有段距離，不過對他的義手來說，這樣的間距大概就足以殺死對手了。

他將義手高高舉起。

「……………………………………………………『狀態不太好』？」

蘭喃喃地嘟噥。

黑螳螂停下動作。

一瞬間，客車內的時間靜止，只剩下火車車輪轉動的聲音在兩人之間響起。

「——為何是也？」

蘭抬起頭。

「為何汝的道具會在如此重要的場面壞掉？」

與兩人的生死之戰毫無關係的問題。

就只是一個單純的疑問。

然而黑螳螂卻一副大感意外地停止動作，彷彿被人戳中痛點一樣。

可是，蘭所提出的疑問非常合理。

——不管怎麼想，都應該由黑螳螂去殺死克勞斯不是嗎？

一如他先前所言，原本的計畫應當是如此，然而計畫為什麼會更動呢？

「是被誰弄壞了嗎？」

對方是超一流的間諜。若非受到外在因素的影響，道具想必應該不會出問題吧。

也就是說，有人破壞了他的義手。

「恐怕不是莫妮卡大人吧。以她的狀態應該無法與你對抗才對。」

答案自然而然地出來了。那是一種直覺，也是信賴。

「啊啊，原來如此。」在歡喜的呢喃之後，淚水隨即溢出眼眶。

「——是溫德大哥他們造成的啊。」

雖然沒有根據，但蘭就是知道這才是真相。

黑螳螂稍微壓低音調。

「……妳想說什麼？」

表情顯得十分煩躁。

彷彿受到湧上心頭的喜悅驅使，蘭「這還用問嗎！」地大喊。

「你輸給了『鳳』！你讓『貝里亞斯』突擊我們，之後又追擊筋疲力竭的大哥他們，可是明明身處極度有利的處境，你吃飯的傢伙卻還是遭到破壞了！這不是戰敗是什麼？『鳳』打贏你了啦！」

蘭明確地理解到一點。

溫德、畢克斯、裘兒、法爾瑪並非毫無反擊之力地遭到殺害。他們和強者纏鬥，取得了巨大的成果。

將「蛇」的一人——「黑螳螂」從第一線拉下來。

「是啊！如果是處於最佳狀態的你，或許就能殺死克勞斯大人，可是你卻被迫變更計畫。真可惜啊，一切都是義手被『鳳』弄壞害的！」

「……妳說夠了沒？」

黑螳螂再次舉起兩條義手。

「說到底，他們還是死了，而妳也一樣會跟他們去相同的地方。我可沒空聽妳嘴硬。」

「嘴硬的到底是誰啊？」

蘭發出冷笑。

全身充滿了勇氣。原以為動不了的身體，如今卻宛如長了翅膀一般輕盈。

話雖如此，蘭當然還是不可能打贏黑螳螂，因此她抓起自己帶來的包包。

「與其被你殺死——敝人寧可自己跳車死掉。」

說完，她朝車廂牆上的大洞跑去。

黑螳螂沒有打算阻止她的意思。大概是覺得沒必要攻擊了吧。

沒一會兒，蘭的身體便融入消失在夜色中。這是以時速超過一百公里的速度行駛的火車，她不可能會毫髮無傷地落地。

看著蘭跳車之後，黑螳螂轉身。

「……無所謂，我只要達成自己的職責就好。」

之後他前往駕駛室，把司機們也殺了。

目的是前去營救克勞斯的火車慢慢減速，沒多久便在山中停下。

「白蜘蛛，沒有人會去妨礙你。」

透過無線電機這麼向白蜘蛛報告後，他自己也下車，緩緩消失在夜色中。

◇◇◇

「聽說全滅了。」

白蜘蛛放下無線電機。

「黑螳螂完成了他的工作。CIM的間諜們全都死了，『浮雲』好像也從火車上跳了下去。」

這番話的內容令莎拉不禁戰慄。

——「黑螳螂」。

這名間諜大概也擁有超脫常識的力量吧。又有許多人喪失性命，而蘭也遭到攻擊，現在就算死了也不奇怪。

白蜘蛛將無線電機收進懷裡。

「好了，這下妳應該沒招了吧？妳還有其他幫手嗎？」

「…………！」

不可能會有人來幫忙。

白蜘蛛為了殺克勞斯，接連展開一個又一個的計畫。他預想出所有可能情況，採取各種應對措施。甚至不惜使用卑劣的手段，完全不把人命當一回事。

那份執念教人害怕到全身都沒了血色。

「老子心情好，順便告訴妳一件事情吧。」

白蜘蛛一派輕鬆地說。

「——那個叫莫妮卡的傢伙已經死了。」

「咦……………………」

呼吸停止。

白蜘蛛好像並不覺得自己揭露了什麼重大的祕密。

他依舊一副嘻皮笑臉的模樣，伸手揉捏自己的脖子。他似乎反而對驚訝的莎拉感到意外，

「喂喂喂，妳該不會真的以為她還活著吧？」這麼傻眼地笑道。

莎拉左右搖頭。

意志消沉的她感覺如果不這麼做，自己就會接受對方告知的事實。

「你騙人……」

「我才沒有騙妳哩。不信妳去問問那個怪物啊？」

白蜘蛛揮了揮手槍。

「他應該可以憑直覺分辨出我是不是在撒謊。」

「老大……………」

莎拉抱著一線希望，回頭望向跪在身後的克勞斯。

他擁有超乎常人的直覺。那是只要聽聲音，就能「不自覺地」識破大部分謊言的犯規技能。

「……請否定他的話，拜託你……」

莎拉擠出聲音這麼哀求。

「他是騙人的對吧……？什麼莫妮卡前輩已經死了，才沒有那回事對不對……？」

克勞斯的表情從未如此無精打采。

他注視著白蜘蛛，像在反覆遙想過往記憶般開口。

「……他沒有騙人。」

聽見這句話的瞬間，莎拉的視野頓失光芒。

火車的行駛聲消失。彷彿整個世界的輪廓扭曲了一般，變得無法辨識眼前物體的形狀。逐漸失去五感，連自己是否站著也不知道。

風聲自體內，自心上的大洞響起。

唯獨那個聲音感覺格外清晰。

「為什麼……？」嘴巴動了起來。

「啥？」

「為什麼你有辦法做出如此殘酷的事情來…………？」

不想承認眼前的存在和自己同為人類。

如果是來自外太空的生物就還可以理解。他的道德觀念和莎拉相差太多了。

「為什麼……你有辦法這麼輕易就奪走他人的性命……？」

「因為弱者沒有其他手段啊。」

白蜘蛛用鼻子哼笑。

「怎麼？還是說，弱者要堂堂正正地作戰然後輸掉才是美德？開什麼玩笑，一旦輸了就會失去一切，我當然要不擇手段啊。」

「你的意思是！只要有正當理由，就不管怎麼傷人都可以嗎？」

「沒有錯，一切都是不得已的犧牲。」

他的眼神中帶著濃烈的瘋狂。

「弱小的我不管做什麼都會被原諒。」

絕對不可能認同。

無論是「火焰」、「鳳」、達林皇太子、CIM的間諜們，還是莫妮卡和蘭。

他們的犧牲絕對不可能只用一句「不得已」就帶過。

原先失去的感覺頓時復甦，整個身體熱了起來。

有生以來第一次產生的衝動——殺意。

非殺死這個男人不可。這樣的衝動從靈魂深處湧現。

「要是妳覺得我的想法是錯的——」

白蜘蛛看著緊握拳頭的莎拉，將左腳往後退，讓身體傾斜。

「那妳就來打贏我，證明自己是對的吧。」

「啊啊啊啊啊啊啊啊啊啊啊啊啊啊啊啊啊啊啊啊啊！」

莎拉發出怒吼，揮拳衝向白蜘蛛。

槍戰本來就對莎拉不利。要和連子彈都能彈開的高手對峙，就只能一不做二不休地衝上前用拳頭打倒他。

莫妮卡曾對莎拉進行用來應付緊急狀況的戰鬥訓練。

熊熊烈火般的憎惡情緒將潛能發揮至極限。

她從正面撲上前，試圖用右拳毆打他的臉頰。

「雖然妳好像稍微認真起來了……」

白蜘蛛已經把手槍收進懷裡。另外他也把刀子放回袖子裡，準備以拳頭迎擊莎拉。

「不過要是搏命就能成事，哪還需要這麼辛苦啊。」

反擊。

他的拳頭和莎拉全力揮出的拳頭交錯，擊中她的臉。在白蜘蛛的拳速之下，莎拉向前突擊的能量加上他的出拳力道，全都返回到她自己身上。

顏面碎裂的感覺襲來，她的身體逐漸傾倒。

莎拉的武力起不了作用。光憑怒氣無法填補敵我的差距。

然而就在她不服輸地站穩腳步時，白蜘蛛展開了追擊。

「妳應該懂吧？弱者對抗強者是多麼不合理的一件事——！」

臉頰被一記右拳重擊，腳步因此踉蹌後，身體又緊接著遭左拳猛攻。

身體浮起，四肢無力。

「那種只能束手無策地被人蹂躪的無力感，妳應該明白才對——！」

甚至不被允許倒下。

白蜘蛛高高抬腿，朝失去抵抗力的莎拉使出施加全身重量的一記前踢。其威力和最初的一擊簡直無法相提並論。

「——給我搞清楚。」

最後的致命一擊是子彈。

即使是在互毆時擊發的子彈，白蜘蛛的槍法依舊準確。若非莎拉反射性地伸出右手，子彈早就射穿她的心臟了。

貫穿右掌的子彈微微偏離軌道，掠過莎拉的脖子。

蹴踢和中彈的衝擊力令她大大地向後退，整個人滾也似的倒在克勞斯身旁。

克勞斯帶著懊惱的嘆息聲傳來。

莎拉取出陶瓷刀割破衣袖，用那個代替繃帶迅速為右手止血後起身。

「繼續行動……」

說出百合的教誨，莎拉再次擋在克勞斯前方。

「……妳還要站起來啊？」

白蜘蛛一臉意外地眯起眼睛。

可能原本樂觀地以為莎拉會屈服吧，他的表情顯得有些僵硬。

「妳居然……還不放棄……！」

他擅自斷定的這個結論，令莎拉感覺受到了侮辱。

「小妹才不懂哩……！」

「嗄？」

「小妹是說，我才不懂什麼弱者的藉口哩……！」

她緊握滴血的右手，大聲地說。

「因為！小妹一點都不弱！」

無論身體受到何種傷害，心靈也絕不屈服。

——既然自己弱小無力，那麼不管選擇何種折磨人的手段都可以。

——無論殺死誰、殺死多少人都沒關係。

這種蠢話根本不值一聽。

莎拉大方地挺起胸膛，抒發自身的情感。

「即使是培育學校的吊車尾學生！即使是『燈火』裡面最弱的！即使身為間諜卻完全沒有成

長——小妹依舊受到至今遇見所有人的恩惠！」

這是發自內心的真心話。

「縱使放眼全世界，也找不到像小妹這麼幸運的人。」

克勞斯找到了差點被踢出培育學校的她。

還認同膽小沒用的她「好極了」。

百合給了她勇氣。席薇亞和她一同歡笑。葛蕾特勸勉她。緹雅支持她。莫妮卡指導她。愛爾娜和安妮特親近她，給予她鼓勵。

「鳳」的菁英們則教她作戰的方法。

受了這麼多恩惠，莎拉怎麼可能會認為自己是弱者。

「所以，小妹可以抬頭挺胸地說自己無疑是強者……！」

莎拉和白蜘蛛水火不容。

她無法認同擁有這般技術和武力，卻宣稱自己是弱者的人。

「那麼，有人會來幫妳嗎？」

白蜘蛛煩躁地怒吼。

「既然妳說自己很幸運，那就展現給我看啊。妳這個滿腦子妄想的沒用傢伙——！」

「才不是妄想呢。」

莎拉高舉右手。

「『鳳』直到最後一刻都在幫助小妹等人。」

見到她做出像在叫人出來的動作，白蜘蛛不悅地咬住嘴唇。

他會有這種態度很正常。當然沒有人能夠拯救莎拉脫離這個困境，不可能有人有辦法追上疾馳的火車。

可是，莎拉舉起的右手卻十分勇敢地動也不動。

白蜘蛛不客氣地說：

「到底要我說多少遍？『鳳』除了『浮雲』外全都死了。他們的真實身分是妳的動物——」

「——讓你這麼以為正是小妹的作戰計畫。」

莎拉如此說道的瞬間，白蜘蛛忍不住倒吸一口氣。

莎拉會在白蜘蛛說「炯眼」是蘭時受到衝擊，是因為她確信計畫成功了。

然後，她會因為蘭生死不明而驚慌失措，單純是為了這個事實感到哀傷。

「所以，你其實並沒有識破『炯眼』的真實身分。」

莎拉臉上浮現微笑。

「燈火」的最後王牌，代號「炯眼」即將發動。

◇◇◇

「浮雲」蘭奄奄一息地倒在鐵路旁的茂密樹叢底下。

「手、手指的骨頭全都斷了是也……」

她從火車上跳下來後，利用細繩使出她所擅長的綑綁術纏住鐵軌旁的樹，藉此減緩衝擊。儘管這樣比直接撞擊地面來得好，但她全身還是受了重傷。

甚至有手指就快脫落下來。之後想必會留下後遺症吧。

「不過，敝人成功隱匿了汝是也。」

她用嘴巴打開用雙腿夾住的包包。

「『炯眼』啊，既然已經離得這麼近，汝應該趕得上吧？」

那名間諜藏在包包裡，對蘭投以銳利的目光。

蘭的眼中溢出悔恨的淚水。

「……拜託你，去向他們報一箭之仇。」

含淚懇求。蘭只能逃離可恨的對手「蛇」，如今能夠依靠的就只有「炯眼」了。

雖然不知對方是否有聽懂，「炯眼」仍定睛回望著蘭。

「汝無疑是『燈火』與『鳳』的團結象徵——火鳥。」

手指動不了。

蘭像在撫摸一般，用頭抵住「炯眼」的額頭。

「既然汝不會說話，那就讓敝人再說一次吧。」

她將滿溢的情感全部灌注在話語中。

「——『炯眼』，吾等的不死鳥，飛入天際吧。」

代號「炯眼」輕輕展開巨大的翅膀。

牠抓起包包、飛上天空，掌握風向不斷加速。

既然已經離得這麼近，那麼就有可能追上目標。牠雖然缺乏持久力，不過最高速度比火車還要快。不同於必須沿著蜿蜒軌道行進的火車，牠可以直線前進。

牠的雙翼中蘊藏著火熱的激情。

——毋須交換言語，牠也明白自己的使命。

——此時此刻，正是牠完成拯救「燈火」這項重責大任的時候。

牠的情緒會如此激昂，是因為牠一直都看在眼裡。

是因為牠比任何人都陪伴少女莎拉更久，也一直都守護著「燈火」這支團隊。

執行首次任務的瞬間，「燈火」少女們的笑容，「鳳」的菁英們那副自以為是卻又溫柔的態度，以及莎拉為了打倒白蜘蛛而落淚的瞬間。

「炯眼」從「燈火」成立那一刻起，便始終陪伴在她們身旁。

從前被女僕刺客用炸彈炸傷的肩膀隱隱作痛，但牠依舊沒有降低速度。

——那名少女自從來到「燈火」，就變得經常笑容滿面。

牠回想起和自己共度大半人生的搭檔的模樣。

——為了報答那份深重恩情，自己也要發揮全力。

◇◇◇

客車大幅晃動。劇烈的縱向震動，讓車體險些就要脫軌翻覆。白蜘蛛的身體浮起，突如其來的變化讓他完全無從應對。

窗戶破裂。

客車的部分天花板和牆壁起火，只見火舌不斷從窗戶竄出。

（怎麼回事……？）

白蜘蛛一邊拚命保持身體平衡，一邊動腦思索。

（是炸彈爆炸了嗎？是她們偷帶上車的？）

「花園」一人恐怕在火車上方。

會是她投擲的嗎？

（……不，不可能。我把武器全部奪走了，也沒有給她們時間準備。）

再說要是有武器，「燈火」的行動應該會更有效率才對。

她們只要攻擊駕駛室裡的人就好。如此一來，火車停下後她們就能逃跑。這麼做的獲勝機率，比起讓莎拉一人對抗白蜘蛛要來得高。

——幫手趕來，投擲了炸彈。

這麼想固然合理，卻也不可能發生。

（根本沒有人能夠來到這裡……！）

沒錯，無法推翻這個前提是很正常的反應。

白蜘蛛早已謹慎地封鎖一切能夠追上疾馳火車的手段。
而這個盲點正是——「燈火」所創造出來的奇招。

◇◇◇

——前往芬德聯邦執行任務的前夕。
克勞斯將少女們全員集合在大廳，介紹那名間諜。
「我想讓新成員加入『燈火』。」
一如往常的，他自顧自地進行說明。
「牠就是代號『炯眼』——在背叛如家常便飯的間諜世界裡，沒有人比牠更忠誠了。牠是我最信賴的間諜。」
「「「「「「「「等一下等一下等一下等一下！」」」」」」」」
八名少女大大地搖手。
她們所有人同時吐槽之後，紛紛七嘴八舌、大呼小叫起來。
「雖然牠的確是非常值得信賴啦！」「不過牠算是新加入嗎？」「……既然『燈火』以往的正式成員是老大和我們八人……那麼應該算是新成員吧？」「可是牠是間諜嗎？」「本小姐認為

牠是比莎拉大姊更優秀的間諜！」「在下也有同感。」「好、好過分！」

少女們有好一陣子都錯愕不已。

過了一會兒，因為百合說「不、不過還是非常歡迎牠的加入啦」，大家最終還是鼓掌接受了牠的加入。

克勞斯再次說明。

由於過去已和「蛇」交戰過好幾次，「燈火」的情報有可能已經外流，因此他們需要能夠繼續欺敵的新計策。

「『炯眼』會在某個條件達成時發動。」

他語帶強調地說。

「——那就是當敵人誤認『炯眼』的真實身分是人的時候。」

然後在任務過程中，那個時刻到來了。

使其發動的人是莫妮卡。她在白蜘蛛和黑螳螂面前高聲地說。

「——代號『炯眼』。去拜託那個人。如今唯有那人能夠打敗『蛇』。」

少女們正確理解了那句話。

——全員統一口徑，讓所有敵人以為「炯眼」是人。

不用說，莫妮卡真正寄託希望的對象，其實是一名少女。

◇◇◇

白蜘蛛還沒有發現。

他完全沒有想到「炯眼」其實不是人。一度識破「鳳」的真實身分是動物這件事，讓他誤判了莎拉的實力。讓他以為「利用動物製造出來的圈套已經用完了」，才是「讓『鳳』復活」這個奇招的真正目的。

——唯有莎拉才能施展的騙術。

那是「鳳」所傳授的間諜作戰方式，也就是結合特技與謊言。

把動物當成人一樣深情對待，是莎拉的生存之道。

而她的生存之道造就了她獨有的騙術，創造出她獨有的戰鬥方式。

「調教」×「擬人」——鳥獸戲畫。

火車突然減速。似乎是司機急忙拉起煞車。

受到強大的慣性影響，客車又產生更加劇烈的晃動。

當白蜘蛛因此失去平衡時，莎拉已然展開行動。

「代號『炯眼』——」

她竭盡所有力氣，大喊那名間諜的名字。

「——巴納德先生————！」

站不穩身子的白蜘蛛目睹了一切。

在他的注意力被往這邊筆直接近的莎拉吸引過去的瞬間，某樣東西忽地從一旁闖入他的視野。

一隻巨大勇猛的老鷹穿越著火的窗戶而來。

——火鳥。

那個在火中飛翔的存在，看在白蜘蛛眼裡宛如傳說中的生物。

突然現身的老鷹伸長嘴喙，企圖啄破白蜘蛛的喉嚨。

「————————！」

儘管遲了一步，他也總算明白真相了。

這隻老鷹正是「燈火」的祕計——「炯眼」。

（誰有辦法識破啊啊啊啊啊啊啊啊啊！）

這個事實令他愕然。

白蜘蛛用手肘趕走啄破自己喉嚨皮膚的老鷹，再次和莎拉對峙。

她只用左手持槍，瞄準白蜘蛛，同時以一副絕不失手的氣勢朝他衝過來。老鷹與莎拉的完美合作。

雙方的距離已不適合用刀子進行防禦。

原來這才是重頭戲啊，白蜘蛛呻吟。

「炯眼」不是能夠隻身解決狀況的間諜。可是，一旦敵人以為這名間諜是人，就能藉此製造出心理上的盲點。

——僅只一次的奇襲攻擊才是「燈火」的計策。

莎拉扣下扳機。

「一切到此結束！」

「別想稱心如意啦，笨蛋！」

白蜘蛛抱著孤注一擲的心態，扔出他作為最後手段的小型炸彈。急速爆炸的武器在傷害白蜘蛛自身的同時，也波及攻擊到了莎拉。

子彈偏離軌道，最終沒有命中。

「……！」莎拉一臉不甘。

白蜘蛛的特長，是至今好幾度死裡逃生的頑強。

就連莎拉賭上一切發動的攻擊也被他閃過了。憑她贏不了白蜘蛛，雙方的實力差距無可動搖。

「看樣子妳連最後一招也用完了呢——！」

儘管整個人搖搖晃晃，白蜘蛛仍舉起手槍準備射殺莎拉。

「好了！這下終於真的要結束——」

「不愧是巴納德大師，表現得真是活躍。」

突然間，一個大膽無畏的說話聲從身後傳來。

白蜘蛛中斷射擊。一轉身，就見到「花園」百合已站在自己身後。

她之前大概一直待在火車上方吧。她左手臂的襯衫撕裂，被捲到了左肩上。看來她之前應該是在替自己進行急救。

從老鷹手中接過炸彈、使其爆炸的似乎也是她。

「巴納德大師替我送來了好棒的道具。」

她露出詭異的笑容，右手裡握著一個棒狀的武器。

「安妮特終於替我完成，專屬於我的特製武器了——！」

（那是什麼……？）

百合手裡拿著的，是白蜘蛛完全陌生的武器。

說得更正確一點，那看起來並不像武器，反倒像是孩子的玩具。長約一公尺五十公分的金屬棒的前端，裝了奇怪的工藝品。

——風車。

那是從前百合和安妮特在穆札亞合眾國的首都交換過的約定。

『回國之後，妳要幫我製作足以打倒老師的超強大武器喔。』

『知道了！本小姐的工藝和大姊的毒結合起來，肯定超猛的！』

一度在殺人這件事上受挫的安妮特，又創造出屬於自己的新型殺人方式。

——不弄髒自己的手，讓別人代為殺人。

換言之，就是惡又往更加邪惡的道路進化了。

這個道具中隱藏著在無情世界中存活下來的殺人衝動，而百合為其取了一個合適的名字。

「祕密武器（Last code）『失樂園』——枯萎凋零的世界。」

風車開始轉動，中央噴出大量的泡泡。泡泡以與百合過往使用的道具無法比擬的氣勢，逐漸充斥客車內部。

毒氣令毒液膨脹變成泡泡——進行極具破壞性的空間壓制。

毒泡泡逐漸逼近，企圖吞沒白蜘蛛。即使開槍射擊，也無法消滅所有毒泡泡，而且每次泡泡破掉便會釋放出毒氣，燒灼白蜘蛛的鼻腔。

百合的身影則是被毒泡泡所覆蓋，無法射擊。

（開什麼玩笑，偏偏選在這種時候——！）

無力抵抗。為了逃離毒泡泡，他朝後方退了一大步。

一個影子出現，擋住去路。

——克勞斯。

他勉強活動受傷的左腿，闖到白蜘蛛面前。

（怪物…………！）

不及反應的白蜘蛛緊抿嘴唇。

「毀滅吧，白蜘蛛——」

他的左腿準確擊中顏面。

「——就憑你，根本不配當我的敵人。」

在莎拉、巴納德、百合、克勞斯的連續攻擊之下，白蜘蛛倒向後方。

他的身體沉入風車製造出來的毒泡泡海中。

終章　「引退」與「遺產」

the room is a specialized institution of mission impossible
code name sougen

「——以上就是此次任務的報告。」

迪恩共和國的諜報機關，對外情報室的本部。

克勞斯在間諜頭子C面前進行了漫長的報告。雖然之前也有做過中期報告，他還是決定姑且先以口頭敘述所有內容。

追查「鳳」毀滅的真相，和ＣＩＭ發生衝突。過程中因發覺「冰刃」背叛，於是費了不少心思處理。最後和幕後黑手白蜘蛛交戰，成功擊敗敵人。

「我們花了很長一段時間才回國，因為成員們的傷勢相當嚴重。」

這件艱難的任務，讓「燈火」幾乎所有人都身受重傷。

因此打倒白蜘蛛之後，他們不得不繼續待在芬德聯邦療養將近一個月。

順帶一提，彷彿間諜們的激鬥不存在似的，達林皇太子的喪禮在那段期間順利舉行了。將遺體移靈至夏林達寺的送葬隊伍從病房也能看見。

「不過，幸好『蓋兒黛的遺產』也順利收回了。」

克勞斯點頭說道。

「這次的成果非常豐碩，雖然『鳳』的事情實在令人遺憾。」

語畢，他喝下C親自泡的難喝咖啡。那個味道差到讓人覺得直接啃豆子說不定比較好。

與他隔桌而坐的C拍手數次。

「太精采了。」

克勞斯難得受到他如此直接明瞭的稱讚。

「你果然厲害。查明『鳳』毀滅的真相，擊破背後的原因，再加上收回『蓋兒黛的遺產』——真沒想到你會將這三件任務全數達成。」

「就是啊。」

「只不過有一點，你是不是有事情沒有說？」

C眯起如猛禽般的雙眼。

「——『冰刃』死了嗎？」

「…………」

那是克勞斯刻意不去觸及的內容。

但是，看來迴避並不管用。

非說不可。說出他其實不願吐露的話語。

「——她已經死了。一切為時已晚。」

然後他暗自回想。

回想打倒白蜘蛛後，他和少女們找到的、令人備受衝擊的結果。

◇◇◇

槍聲響起。

當克勞斯勉強活動受傷的左腿，讓白蜘蛛沉入毒泡泡海中時，他試著做了最後的抵抗。

子彈沒有打中克勞斯、百合和莎拉。

他被毒泡泡和毒氣包圍，整個人動彈不得。在泡泡另一頭，可以看見他癱倒的身影。

又是一樣可怕的武器。「失樂園」——這個由安妮特的邪惡所製造出來的間諜武器，結合了毒氣和會燒灼皮膚的毒泡泡。如果只有前者，只要停止呼吸就多少可以防禦，可是後者太棘手了。毒泡泡擁有能讓整個空間都受到百合支配的力量。

「該死……」

沒多久毒泡泡消失，顯現出倒臥在地的白蜘蛛。

氣力用盡的他好像還能動口，但四肢已是無法動彈。

「你這個人弱歸弱，卻真的相當棘手。」

看著那樣的他，克勞斯敬佩地說。

「——居然不惜在那一刻試圖自殺。」

「少囉嗦，我的人設才不是那樣子。」

白蜘蛛最後開的那一槍是射向他自己。儘管他似乎因為失去平衡而沒能瞄準腦袋，子彈依然射穿了腹部。

大量鮮血溢到地板上。

他大概用不了多久便會喪命吧。雖然很想拘捕他、逼他吐出情報，不過現在看來十分困難。

「但是，唯獨這件事你得告訴我。」

克勞斯在莎拉的攙扶下，來到白蜘蛛面前。

「莫妮卡怎麼了？你真的殺死她了嗎？」

「怎麼會有人劈頭先問部下是怎麼死的啦。」

白蜘蛛滿臉嘲諷地只動了嘴巴。

「你到底要我說幾次？我殺死她了。這一點我沒有說謊。」

看來他真的沒有撒謊。

身為間諜經過訓練的直覺，感應到他的話中並無虛假。

「那遺體怎麼了？」

「…………………………」

白蜘蛛閉口不語。

領悟到那份沉默的含意，克勞斯瞪大雙眼。

「難道說——」

「我沒有確認啦。」

白蜘蛛死心似的嘆氣。

「因為黑螳螂那個白痴破壞了整棟建築物。他居然受無聊的挑釁刺激，甚至放火把房子給燒了——不過，那女人不可能會活下來啦，真是活該。」

也就是說，他並沒有目睹莫妮卡喪命的瞬間。

正當克勞斯心想不知還有沒有其他線索時，卻聽到白蜘蛛說「很可惜，時間到了」。

「……天國已近在眼前。啊啊，真的很令人火大耶。」

他的聲音逐漸失去生氣。

雖然還有一堆事情想問，不過逃得快這一點大概也是他的強項吧。

「——『虹螢』。」

白蜘蛛口中發出呢喃。

那是克勞斯沒聽過的詞。

「……那是什麼？」

「天曉得，我也不知道自己為什麼要這麼說。只不過，我就是很想告訴身為基德先生的徒弟的你。」

「那人是誰？是『蛇』的一員嗎？」

「我不會說的。你別放在心上，那就只是一份祈禱、一份詛咒罷了。」

他的身體沒了力氣，雙眼也漸漸失去光彩。

「該死……」

那句粗話成了他的辭世句。這個男人連到臨終之際，說起話來還是如此窩囊。

克勞斯重重地嘆息。

強烈的疲勞感襲來。他已經好久沒有必須做好死亡的心理準備了。

（這麼一來，在這個國家的任務……就全部結束了………）

名叫黑螳螂的男人應該早就逃走了。他的職責應該是輔助白蜘蛛，而不是暗殺克勞斯。既然白蜘蛛失敗了，那麼他應該已經逃跑了才對。

——結果沒能救出莫妮卡啊。

這個讓人不願承認的殘酷現實擺在眼前。

她遇襲至今已經過了六天，既然沒有她還活著的消息——

「…………地下室。」

莎拉喃喃地說。

「——？」克勞斯望向她。

「老大你沒聽說嗎？就是溫德前輩接受蓋兒黛小姐的修行的地方。」

「……我是有稍微聽說過那件事。聽說他被帶到蓋兒老太婆的藏身處——」

「沒、沒錯，小妹也有聽說。因為莫妮卡前輩和溫德前輩交談時，小妹碰巧就在旁邊——」

她的聲音因淚水而顫抖。

「——蓋兒黛小姐的藏身處有地下室喔。」

克勞斯一行人隨即展開行動。

即使是「蛇」，他們應該也沒有掌握住蓋兒黛的藏身處情報。倘若他們不知道那間破爛的木造公寓有地下室，那麼白蜘蛛會誤以為莫妮卡已死也不奇怪。

克勞斯集合能夠行動的「燈火」成員，急忙趕往伊密朗鎮。

途中，蘭也來會合了。她雖然處於雙手手指全部骨折的狀態，依然堅持跟來。席薇亞、百合和莎拉也都比起療傷，決定以搜索莫妮卡為優先。獲得釋放的緹雅則從醫院帶走安妮特、愛爾娜、葛蕾特，前來會合。

於是，最後變成「燈火」全員一同找人。

據說曾是蓋兒黛藏身處的地方，早已化為成堆的瓦礫。好像是「蛇」和莫妮卡在公寓旁交戰，讓整棟建築都燒燬了。

——莫妮卡說不定逃進了地下室，但是出入口卻被瓦礫給堵住。

搜索過程中，莎拉一再地道歉。

「對、對不起！要是小妹早點說的話——」

「不准道歉！反正就算妳早點說，在受CIM監視的期間我們也是動彈不得。」

一邊用受傷的雙手挪開瓦礫，席薇亞一邊大吼。

「況且CIM也搜查過這一帶，誰會知道他們遺漏了啊。」

左肩包著繃帶的百合接著高喊。

「現場沒有遺體——既然他們做出這樣的報告，我們當然會以為莫妮卡被帶走了啊！」

「可、可是——」勤奮挖掘的愛爾娜開口。「真的不要緊嗎？都已經是六天前了——」

「莫妮卡遇襲後沒多久，這附近連續下了好幾天大雨。」

緹雅冷靜地說完，葛蕾特也邊搬瓦礫邊接著說。

「是啊……既然上面的建築遭到破壞，雨水說不定會流到地下室去。只要有水就有生存的希望……！」

安妮特用鐵鍾般的機器，將被焚燒過的木材撞開。

「本小姐認為，莫妮卡大姊已經在黑螳螂的攻擊下傷重死亡！」

「那傢伙的武器故障了！」

到處搜查地面的蘭高聲說道。

「是溫德大哥他們破壞的是也。他沒能發揮原有的實力。」

她們所有人無不受了傷。應該還要在醫院休養的少女，以及應該馬上接受治療的少女占了大半。

可是，她們卻沒有人停止搜索。

「就是這個。」不久後，克勞斯找到了。

通往地下的出入口出現在瓦礫之下。

他們一行人立刻沿著梯子往下走，來到一個寬敞的空間。從地上到處散落著酒瓶來看，這裡無疑是蓋兒黛的藏身處沒錯。

用手電筒照亮四周。

好幾份文件被隨意擺放，而且已經被滲入地下室的雨水弄髒。

燈光沒一會兒便集中在坐在房間角落的少女身上。

「——在下大概是在作夢吧。」

莫妮卡還活著。

所有人都忘了呼吸。

率先衝出去的人是百合。她呼喚著莫妮卡的名字，一把抱住身形削瘦的少女。

「假如死後能夠見到這樣的世界……感覺好像也挺不賴的。」

即使在這種時候，她依舊用嘲諷的表情倚靠在百合身上。

◇◇◇

結束回想，克勞斯再次嘆息。

繼續進行虛假的報告。

「不過話說回來，『冰刃』死了反而比較好，因為多數的ＣＩＭ都認定她是暗殺皇太子的行凶者。不僅如此，對迪恩共和國而言，她也是不應該活著的存在。」

他好比要展現身為間諜的剛正態度般一口氣說完。

接著像要改變話題似的，努力以開朗的語氣說「對了」。

「——我想要讓新成員加入『燈火』。」

「……………………………………………………」

Ｃ沉默良久。

一副覺得眼前之物相當可疑地皺著眉頭。

「你直接跟我說『她還活著』不就好了？」

「雖然不知道是什麼原因，不過她畢竟是一度背叛過迪恩共和國的間諜，我不曉得假使得知她還活著，你會對她做出何種處分。」

所以克勞斯才不想報告。

他不希望別人認為自己藏匿叛徒。在文件上，「冰刃」這個人已經死了。

「代號『灰燼』——這便是新加入『燈火』的成員之名。」

烈火會融化冰塊，燒燬一切，改革世界。

「冰刃」這個名字恐怕已經不適合了吧。至少對現在的莫妮卡而言是如此。

◇◇◇

一走出對外情報室的本部，就見到少女們全員都在外頭等候。

克勞斯自芬德聯邦回國後，沒有直接前往「燈火」的據點而是先來到本部，而少女們明明多半傷勢未癒、需要立刻靜養，卻還是不聽勸地說要在外面等克勞斯。

「因為我們已經約好要所有人一起回去呀。」百合這麼說。

他們所有人搭乘火車，回到據點所在的港都。

順帶一提，在回國的路途上，莫妮卡和安妮特之間曾經發生嚴重的衝突，不過那又是另一個故事了。安妮特心中的恨意雖深，但最終也算是獲得解決。

當全員穿過密道，見到據點陽炎宮的外觀時，百合立刻放聲大喊。

「我們回來了啊啊啊啊啊啊啊啊啊啊啊啊啊啊啊啊！」

「「「「「「「唔喔喔喔喔喔喔喔喔喔喔喔喔喔喔喔喔喔喔喔喔！」」」」」」」

少女們朝著天空高舉雙手，在自體內湧現的衝動驅使下大聲歡呼。她們發出熾熱到近乎瘋狂的歡欣呼喊，相擁而泣。

這是一件極度嚴苛的任務。

就算有人死了也不奇怪，然而他們所有人都存活下來了。

「燈火」全員生還——沒有比這更令人開心的事情了。

克勞斯注意到一名少女沒有與眾人同歡。

「……畫已經消失了是也。」

是蘭。無處可去的她也跟著來到這裡。

她正注視著陽炎宮的外牆。從前牆上的不死鳥繪畫已經被雨水沖刷到幾乎不留痕跡。

「就只剩下敝人還活著……」

蘭輕撫外牆。

正當克勞斯打算對她說些什麼時，只見她左右搖頭。

「不，不要緊是也。」

語氣中沒有一絲迷惘。

「已經不要緊是也喔，大家。」

克勞斯決定悄悄地走開，讓她暫時一個人好好獨處。

◇◇◇

克勞斯坐在自己房間的椅子上休息時，忽然間敲門聲響起。

「那、那個，老大……」

莎拉像在窺探對方臉色似的微低著頭，打開房門。

眾人返回陽炎宮至今還不到三小時。明明方才還聽得見鬧哄哄的喧嘩聲，看樣子莎拉大概是特地溜出來吧。

她在克勞斯面前嚥了嚥口水。

「雖然現在可能不是講這種話的時候，不過可以請你在小妹改變心意之前聽我說嗎？」

「什麼事？莎拉。」

「小妹在考慮要辭去間諜的工作。」

出人意表的發言。

但是她的語氣中沒有猶疑。看來她一直都在思考這件事。

「這次小妹發現到一件事，那就是這份職業果然不管有幾條命都不夠用。」

「…………這樣啊，真是可惜。」

雖然捨不得失去寶貴的戰力，不過既然她本人希望如此，那也只能接受了。

正當克勞斯為此感到心情複雜時，只見莎拉一臉慌張地搖手。

「咦？啊，不是的——當、當然不是現在馬上就引退啦！」

「……嗯？是這樣嗎？」

「小妹今後也會為了大家繼續努力。但是，那個……因為小妹果然還是不像大家一樣，對間諜這份職業如此熱愛……」

她泛起微笑。

「所以小妹打算等到哪一天覺得可以告一段落時，就辭去這份工作。」

表情中洋溢著積極正向的態度。

那副模樣讓人絲毫不覺反感。克勞斯將身體朝向她問道。

「妳已經決定好引退之後要做什麼了嗎？」

「是、是的，小妹想要像老家一樣經營餐廳。在看得見海的悠閒城鎮上，提供經濟實惠的美味料理給客人。」

「看來妳都已經計劃好了呢。」

「其實小妹最近每天都在想，想說之後可以請安妮特前輩和愛爾娜前輩來當服務生，小妹則負責下廚，然後其他人也都來我的餐廳工作。」

她難為情地低下頭。

「到、到時——如果老大也願意跟我們一起，那就太令人開心了。」

聽到這番意想不到的話，克勞斯頓時啞然。

莎拉隨即急忙解釋：「不、不過這當然只是小妹在妄想啦。」

對克勞斯而言，那是他甚至不曾妄想過的未來。

不是間諜的自己——這並非絕無可能。只要還活著，那樣的結局就有可能發生。

「假使那種未來真的來臨了——」

他坦率地說出感想。

「——說不定會是一件幸福的事。」

當然，克勞斯無意引退。繼承「火焰」的使命，持續守護國家才是他的工作。

但是，他並不打算否定莎拉所描繪的未來。

「那麼，小妹會在大家都能放心引退之前好好努力的。」

莎拉開心地握起拳頭。

「因為，在那之前不讓『燈火』的任何人死去——是小妹身為間諜的目標。」

莫名地好想替她加油打氣。

莎拉原本就對間諜這份職業缺乏強烈的動機。她一直都是靠著「無處可去」、「不想給大家添麻煩」的想法努力到現在。

那樣的她，明確說出了自己的理想——成為「燈火」的守護者。

比起任務的成敗，更重視同伴的安危。以全員活著達成任務為優先，持續守護所有成員直到引退為止。

這不也稱得上是一名優秀的間諜嗎？

「——好極了。」

以一貫的台詞稱讚她之後，「那麼妳就為了引退，好好累積間諜的技術吧。因為掌控人心和計算能力有時也能在經營方面派上用場。」克勞斯又接著說。

「今後也請老大不吝指教！」

之後，事情自然而然就演變成由克勞斯親自指導她下廚。

他們決定先去採買食材。冰箱裡已經沒有任何糧食了。

兩人在前往玄關的途中，見到大廳裡的情形。

少女們圍繞在桌旁，桌上則擺著一台無線電機。她們正朝著無線電機投以嚴肅的目光。

「妳們這麼多人聚在一起，在做什麼啊？」

克勞斯好奇地問。

圍繞在無線電機旁的，是緹雅、席薇亞、葛蕾特、安妮特、愛爾娜和蘭。

緹雅將手指抵在自己的唇上說「安靜！」。

「我們正在偷聽啦。」

「偷聽什麼？」

「我們讓莫妮卡和百合獨處了。」

「這下事情有趣了。」

克勞斯總算想起來那個問題還沒解決了。

大概連莫妮卡本人也沒想到自己能夠活下來吧。她在任務中透過無線電機，向百合表明了自己的心意。

——『在下喜歡妳』。

她的聲音從無線電機中傳出時，周圍還有其他成員在，換言之就是公開告白。

（如果說我不好奇百合會怎麼答覆，那肯定是騙人的。不過……）

看來少女們毫不猶豫就決定偷聽了。

「呵呵呵，妳放心吧，莫妮卡。身為戀愛大師又是妳的搭檔，我一定會讓妳的戀情成功。」

緹雅鼓足幹勁，一個人這麼喃喃自語。

雖然她好像沒有惡意，不過這也未免太雞婆了。

莫妮卡和百合似乎人在院子裡。少女們好像是趁百合去探視自己的花園時在她身上裝竊聽器，而不知情的莫妮卡就這麼追了上去。

『吶，百合……關於之前那件事……』

無線電機中傳來莫妮卡緊張的聲音。

再這樣下去，恐怕真的就要聽見她們兩人的對話了——

「不可以！」莎拉撲向無線電機。

「「「「「咦？」」」」」

莎拉搶走桌上的無線電機，用兩手抱在懷裡並關掉電源。

「還是別聽了！這、這樣不好啦！莫妮卡前輩很可憐耶！」

「妳在做什麼啦，莎拉！我們聽得正精彩耶！」

緹雅發出怒吼，其他少女們也大聲抗議。

然而莎拉也堅持不肯退讓。

「不要！小妹要保護莫妮卡前輩————————！」

莎拉抱著無線電機，在大廳裡跑來跑去。

其他少女則起身追趕莎拉，雙方激烈地扭成一團。明明傷勢尚未完全康復，她們還是這麼有精神。

（算了，在一旁看熱鬧太不識趣了。）

克勞斯當然沒有加入戰局。真要說起來，他其實比較贊成莎拉的意見。

從大廳的窗戶向外望去，只能見到在院子裡的兩名少女的頭。百合和莫妮卡正一臉嚴肅地互相注視。

（——結局想必不會太糟糕吧。）

克勞斯無法預測百合會做出何種決定。

不過如果是她，她應該會說出最顧慮莫妮卡心情的話來。然後無論那是什麼樣的回答，莫妮卡一定都會誠心地接受。

她們應該不受任何人打擾，好好享受歷經嚴苛任務後終於迎來的這個時刻。

因為這個世界還不打算放過克勞斯和少女們。

◇◇◇

——「蓋兒黛的遺產」。

那是在莫妮卡逃生的地下室裡被發現。從前溫德大概也被帶來過這裡吧。三樓的房間是障眼法，蓋兒黛真正的藏身處其實是這個地下空間。

貴重文件被隨意擺放。

如此漫不經心的管理方式，讓人不禁心想這果然很像是蓋兒老太婆的作風。流進地下室的雨水令文件上的墨水暈開，只能解讀其中一部分的內容。

【世界恐慌——足以這麼命名的金融危機將在兩三年之內發生。】

那起事件似乎將從穆札亞合眾國開始發生。先前那場大戰帶來的好景氣，讓合眾國一直處於堪稱投資過剩的狀態，然而泡沫經濟將會破裂，對所有產業帶來巨大打擊。不僅如此，那股餘波還會逐漸波及依賴合眾國的經濟能力的世界各國。

兩三年這樣的預測不知是從何時開始起算。

【屆時，世界各國恐怕將以自己國家的經濟為優先考量，獨占資源。擁有強大經濟基礎的國家和擁有殖民地的聯合國將會富裕，而在先前那場大戰中失去殖民地的軸心國則會蒙受重大打擊。】

【大戰後原本提倡國際主義的各國應該會徹底改變方針。】

【包括達林皇太子在內的部分權力人士已察知時代的潮流，開始進行某項計畫。】

讀到下一行文字時，克勞斯不禁屏息。

他馬上就理解到，此事與「火焰」的毀滅和「蛇」的興起有關。

為整個世界，以及「燈火」的少女們帶來痛苦的地獄又將再次展開。

【第二次世界大戰即將爆發——『曉闇計畫』便是為此而準備。】

代號「銀蟬」，於別馬爾王國的冰露庭園死亡。
代號「蒼蠅」，於加爾迦多帝國的恩蒂研究所死亡。
代號「白蜘蛛」，於芬德聯邦的海林鐵路死亡。

代號「翠蝶」。

在「操偶師」亞梅莉的協助下逃出ＣＩＭ的監牢。原本打算前往事先安排好的藏身處拿取武器，卻遭到「咒師」奈森埋伏，胸部中彈身亡。連同從前的名號「魔術師」一同被抹消。

另外，奈森對其原本所屬的ＣＩＭ隱瞞這個事實，僅告知其他組織。

代號「紫蟻」。

在接受穆札亞合眾國的諜報機關ＪＪＪ拷問的過程中，趁盤問官稍不注意時逃脫，現場以血書留下了「虹螢」二字。他在接受拷問時被打斷雙腿，並非能夠獨力逃脫的狀態。

逃走兩個月後，紫蟻以面帶淺笑的死狀遭人發現。

◇◇◇

代號「黑螳螂」。
這裡是位於休羅南端的港口，他沒有搭上事先安排好的走私船，獨自注視著夜晚的大海。約定時間已過，翠蝶和白蜘蛛卻都沒有出現。
他在被擱置於碼頭的貨櫃上微微嘆息。
「……真是愚蠢的男人。這下不就得由我去替你報仇了嗎？」
他望向遠處可見的休羅的大樓群，顫抖著兩條義手，一個人喃喃自語地這麼說。
這時，身後傳來人的氣息。
心想也許是某位同胞來了，他轉身望向背後。
「ＹＡＹＡＹＡ，原來『蛇』的倖存者在這種地方啊。」
那是一名陌生的青年。

身上穿著長度及膝的米色風衣，臉上戴著圓框眼鏡，一頭黑色捲髮蓬鬆雜亂。五官並不立體，看起來似乎是出身遙遠異國的人。

他將兩手深深插進口袋，踩著響亮的腳步聲走來。

「哎呀呀，你們居然殺了我的『分身』，真教人傷腦筋啊。」

黑螳螂舉起義手。

「……我不記得自己殺過的人。你是誰？」

「——『櫻華』。」青年露出淺笑。「是你們家的紫蟻殺死的人之一。」

「…………！」

那是業界相當知名的間諜。

紫蟻在米塔里歐展開超大範圍的無差別間諜屠殺行動，而在那些死者當中，不僅有包括紅爐在內的各國代表性間諜，其中更有別具特色的人物。

代號「櫻華」——暗中活躍於世界各國，宛如義賊般來歷不明的間諜。

既然他剛才說「分身」，莫非「櫻華」並非一個人，而是好幾個人共同使用的稱呼？

櫻華「YA」了一聲，從風衣口袋中抽出握著手槍的手。

「——！」

黑螳螂以義手擋下被迅速擊發的子彈。但是那並非普通的鉛彈，子彈散發出藥品般的異味。

「我勸你最好別再使用那個義手喔。」青年這麼說。

義手似乎沾上了可燃性液體。若是勉強活動，說不定會自爆。

「……你是來殺我的啊。」

黑螳螂微微點頭。

「說吧，你的目的是什麼？『蛇』現在缺乏人才，而我們是很講道義的。只要你肯低頭請求，我可以讓你加入當小弟。」

「恕我拒絕。我已經有自己的容身之處了。」

少年回答。

「『神木的守墓人（智天使）』。」

「嗯？」

「由世界最頂尖間諜『紅爐』所創立——讓『曉闇計畫』實現的機關。」

黑螳螂恍然大悟。

原來那個女人沒有白白死去啊。看樣子她早已出招，在世界各國的間諜雲集的米塔里歐，成立不同於「火焰」的新勢力了。

這就是與「炬光」基德決裂的那女人，所做出的決定嗎——

「你還真大方，居然自己把情報透露給我。」

「我的作風一向如此。因為一無所知地死去實在是太可憐了。」

「這話可真有意思。」黑螳螂上下活動肩膀。「那麼請你務必告訴我。因為就連我自己也不知道，你要如何打敗天下無敵的我，讓我從間諜業界引退。」

黑螳螂舉起兩條義手，仰天說道。

「啊啊，引退離我愈來愈遠了。」

◇◇◇

代號「藍蝗」&「——」。

在加爾迦多帝國的首都達爾頓，那個人物看了一本書。

是部下藍蝗說「我找到一個有趣的東西」，然後交給他的。

那是芬德聯邦的作家迪亞哥．克魯加所寫的小說，是他在死於毒癮之前留下的遺作。那是一本被評論家嚴厲批評為「世紀廢文」，毫無品味的間諜小說。

翻開一讀，他馬上就察覺到這本書其實是出自誰之手。

「……………克里斯多哈爾托。」

那是被他命名為「白蜘蛛」的男人的本名。那個男人為了對抗世界廣招戰士，成立名為「蛇」的組織。「蛇」的中心人物無疑是他。

小說裡雖然充斥著謊言，但是只要讀下去，就能感受到男主角是多麼深愛自己的組織，儘管滿口怨言卻還是為了組織四處奔波。

可是，克里斯多哈爾托已經不在了。他所集結的戰士們也都失去音訊。

「……與世界為敵便是如此殘酷。」

「蛇」沒能贏得勝利。最終還是被「紅爐」留下的間諜們所吞沒。

難道已經沒有辦法阻止「曉闇計畫」了嗎？他喃喃地說。

「藍蝗。」他喊了部下的名字。「我想和『燈火』進行交易。你能幫我送信嗎？」

自從白蜘蛛死去，已匆匆過了一年的時間。

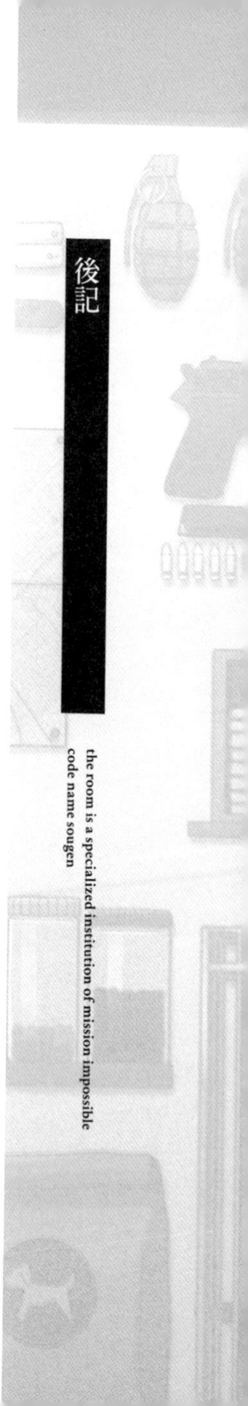

後記

the room is a specialized institution of mission impossible
code name sougen

※※※　以下內容包含部分本文的劇透，請看完本文後再行閱讀　※※※

這雖然不是應該出現在第八集後記的內容，還是請各位讓我說說寫第一集時的事情。

我在第一集的後記曾經提過，其實《間諜教室》是將第三十二屆Fantasia大獎的得獎作品修改超過九成五後所完成的作品。

那麼，從得獎作品階段便留下的那不到〇．五成是什麼呢？

——角色之一會用毒的設定，船上的對決，以及莎拉的存在。

雖然名字經過更改，不過作為「草原」莎拉的原型的角色，從得獎作品時期就已經存在了。

因此，這個角色陪伴我的時間實際上比克勞斯、百合還要久。

所以我在寫第一集時，就決定要讓她成為第八集的主角了。儘管在那之前她的戲份並不多，但是我會在最後給她閃閃發光的表現機會。基本上，我對所有角色都是非常公平地付出我的愛，只不過我對她表現愛意的方式有點特別就是了。

然後，我還想說說另一個在寫第一集時發生的插曲。

第一代編輯O：「我想讓每一位少女都有自己特殊的武器耶。」

竹町：「我明白了，可是我不想再讓第一集變得更混亂了。」

經過我們一番討論，結果那個最後被延到第八集的尾聲才出現。

トマリ老師，我們終於可以讓那個武器在故事中登場了。枉費您從第一集封面就幫忙設計出如此帥氣的武器卻遲遲沒能出場，真是非常不好意思！都是安妮特不肯製作啦。我為了說服她，整整花了包含短篇集在內總共十集……

好的，隨著決定由feel.公司進行動畫化，Comic Alive也同時在進行原作第二集、第三集的漫畫化，《間諜教室》目前正大幅擴張版圖中。不過說到原作今後將如何發展，其實從現在開始戰爭即將進入到後半段。由於我現在正在構思直到最後一集為止的情節，希望各位今後還能繼續支持陪伴這部作品。對了，我想之後可能也會有以那個男人為主角的集數吧。

只不過在第九集之前，請先容我插入短篇集三，因為我還有在Dragon Magazine連載的稿件沒消化完。短篇集三的內容是沒能在本文描述的，和「鳳」之間的蜜月。

另外，我也許會在第九集為「燈火」增添巨大的變化……？

但願我所寫的內容能夠符合各位的期待。那麼，大家再見。

竹町

我和班上第二可愛的女生成為朋友 1 待續

Kadokawa Fantastic Novels

作者：たかた　封面插畫：日向あずり　彩頁、內頁插畫：長部トム

第六屆カクヨム網路小說大賽特別賞得獎作——
別人眼中的「班上第二可愛」，在我心中是最可愛的。

沒朋友的低調男前原真樹交到第一個朋友——朝凪海。男生都說朝凪同學是「班上第二可愛」。這樣的她只有在週五的放學後會偷偷來我家玩。從平常能幹的模樣，實在難以想像私下的她既率直又愛撒嬌。青澀年少男女之間的愛情喜劇就此開幕——

NT$270/HK$90

菜鳥鍊金術師開店營業中 1~5 待續

Kadokawa Fantastic Novels

作者：いつきみずほ　插畫：ふーみ

採集家入冬停工導致店裡生意門可羅雀
此時卻有皇族貴賓登門委託!?

約克村的採集家們到了冬天會暫停工作，導致店裡生意門可羅雀。此時忽然有一位皇族貴賓登門拜訪。珊樂莎等人無法拒絕皇族的要求，只好前往危險的雪山採集需要的材料，卻遭到魔物攻擊！而且這場襲擊的幕後主使者竟是領主吾豔從男爵!?

各 NT$240~250/HK$80~83

位於戀愛光譜極端的我們 1~5 待續

Kadokawa Fantastic Novels

作者：長岡マキ子　插畫：magako

手牽著手走在路上。
光是這樣就讓人內心充滿溫暖。

這次將獻上高中生活最大的樂趣——校外教學！經歷了無法如意的人際關係、充滿煎熬的思念之情與許多歡笑的時刻後，大家都逐漸成長。龍斗當然也是——「爸爸、媽媽。謝謝你們生下我。加島龍斗，十七歲，即將登大人啦！」呃……咦？怎麼回事？

各 NT$220~250/HK$73~83

大學社團裡最可愛的學妹 1 待續

Kadokawa Fantastic Novels

作者：水棲虫　插畫：maruma（まるま）

不知為何仰慕我的清純美女，成為了我的學妹！
兩名大學生有些成熟且確實甜美的嶄新戀愛喜劇！

舞台是春季的大學校內。可愛清純美女——君岡美園，在新生歡迎會上獲得全場注目。雖然身為她社團的學長，但不起眼如我，彼此應該沒什麼交集吧。然而美園不但願意親近我這個冷漠的人，且仰慕著我。她以積極的態度，慢慢地軟化我消極的心——

NT$250/HK$83

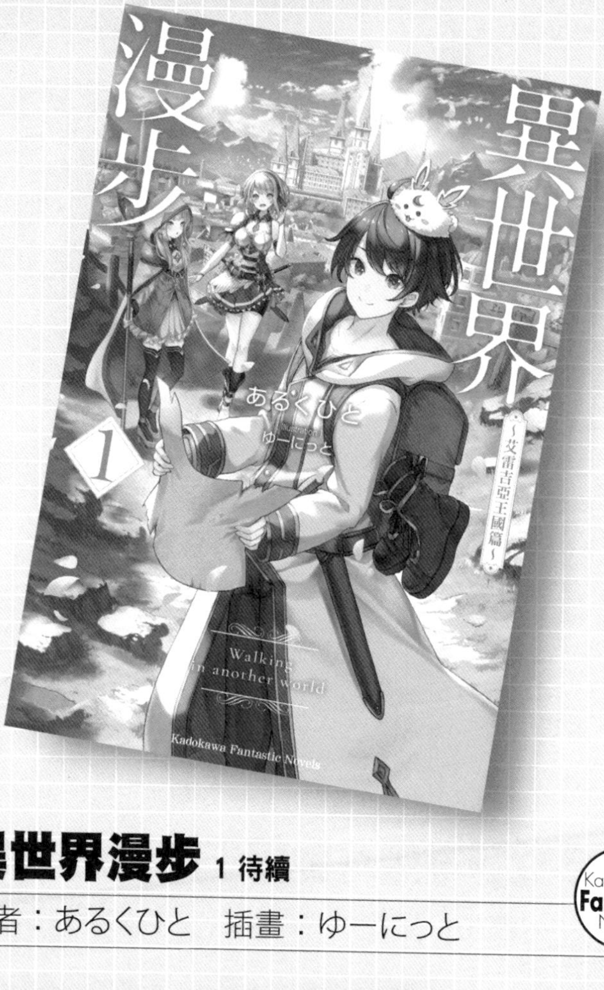

異世界漫步 1 待續

作者：あるくひと　插畫：ゆーにっと

Kadokawa Fantastic Novels

穿越到異世界以技能漫步獲得經驗值！
與精靈展開悠閒的異世界旅程——

被召喚到異世界的日本人——空，獲得的技能是「漫步」。國王在看到這個寒酸的技能後，將他逐出勇者小隊。然而，當空在異世界行走時，卻突然升級了！原來漫步技能具有「每走一步就會獲得1點經驗值」的隱藏效果！於是空展開了他在異世界的生活——

NT$280/HK$93

國家圖書館出版品預行編目資料

間諜教室. 8,「草原」莎拉/竹町作；曹茹蘋譯. --
初版. -- 臺北市：臺灣角川股份有限公司, 2023.08
面；　公分. -- (Kadokawa fantastic novels)
譯自：スパイ教室. 8,《草原》のサラ
ISBN 978-626-352-811-6(平裝)

861.57　　　112009564

Kadokawa
Fantastic
Novels

間諜教室 8
「草原」莎拉

（原著名：スパイ教室8《草原》のサラ）

2023年8月9日　初版第1刷發行

作　　者：竹町
插　　畫：トマリ
譯　　者：曹茹蘋

發 行 人：岩崎剛人
總 編 輯：蔡佩芬
副總編輯：朱哲成
美術設計：莊捷寧
印　　務：李明修（主任）、張加恩（主任）、張凱棋

發 行 所：台灣角川股份有限公司
地　　址：104台北市中山區松江路223號3樓
電　　話：(02) 2515-3000
傳　　真：(02) 2515-0033
網　　址：www.kadokawa.com.tw
劃撥帳戶：台灣角川股份有限公司
劃撥帳號：19487412
法律顧問：有澤法律事務所
製　　版：尚騰印刷事業有限公司
ＩＳＢＮ：978-626-352-811-6
